Le « corridor »

et le monde sauvage

© 2021, Hervé Ballester
© photo couverture de l'auteur
© origine photo 4ème de couverture Jeanluc Blanc

Édition : BoD – Books on Demand
Impression : BoD – Books on Demand, Norderstedt, Allemagne

ISBN : 978-2-3223-9983-3
Dépôt légal : novembre 2021

Hervé BALLESTER

Le « corridor »

et le monde sauvage

Roman

À ma mère
pour toutes mes années passées trop loin.

Au monde sauvage

Aux indigènes encore sauvages

*« Je n'écris pas pour dévoiler la vérité.
Simplement, j'ai besoin de dessiner une ouverture
afin qu'une vérité ne soit pas enterrée vivante.
S'il existe un cimetière des mots arrachés aux êtres
qui comprennent, je veux pouvoir m'y promener. »*

Élise TURCOTTE (l'apparition du chevreuil, Le mot et le reste 2020)

Réaliste celui qui voit la réalité,
sans fard, sans fioritures.

Pas pessimiste... ni optimiste...
Sophie, ma sœur, est réaliste !

    Après plus de dix-mille années d'une guerre unilatérale sans fin, la nature contre-attaque son despote, cette fois-ci avec force, et lui impose un repli, un cessez-les-hostilités. C'est à ce moment, où nous étions jeunes adultes dans un monde au bord de l'asphyxie, que Sophie était venue s'isoler avec moi afin de nous tenir compagnie quelques jours. Pour la deuxième fois en trente années, tous les citoyens de la planète avaient reçu l'obligation de s'enfermer entre leurs murs exigus le temps de quelques semaines, question de vie ou de mort ! C'est ainsi que Sophie avait profité de cet étrange coma de toute l'humanité recluse pour exulter, à mes ouïes, de son histoire des hommes et des femmes qui la rongeait.

> **{— Henri !, tu sais que j'ai écrit quelques courts-métrages. À présent j'aimerais bien poursuivre sur quelque chose de plus consistant : un film ! Et bien, j'ai toute une histoire qui trotte dans ma tête et je veux te la conter ! Assieds-toi donc, et enclenche l'enregistreur... ça pourrait servir ! m'avait-elle sommé.}**

UNE LIGNÉE PARALLÈLE

 **Germain**

— Jeune-homme, souhaitez-vous un apéritif avant le déjeuner ?

À la verticale, au-dessus de Germain dans son siège exigu, le visage de l'hôtesse de l'air le sortit de ses songes. Chignon bien arrangé, maquillée de crèmes et de poudres, elle lui servait un sourire séduisant, rouge pourpre.

Germain n'avait jamais pu s'endormir dans les avions. De retour vers l'Europe, à peine passé le décollage, il s'était plongé dans un réseau de pensées et de souvenirs enchevêtrés lui permettant d'interpréter les derniers temps qu'il avait eu plaisir à profiter en pleine nature. Neuf trop courtes années s'étaient déjà écoulées depuis le jour où il avait quitté sa famille, abandonné ses amis et sa terre natale catalane, pour aller s'imprégner du « Nouveau Monde », de la jungle et ses habitants.

{— **Sophie, l'avais-je interrompue, qui est donc ce jeune homme aventurier ?**}

— **Je te décris le personnage.** En apparence, Germain est un jeune homme tout à fait banal, taille moyenne, corpulence moyenne, tête ronde, les cheveux raides, le nez aplati et un menton proéminent, avec un caractère sans aucune extravagance et une vision peu enthousiaste de sa vie. Pourtant, dès l'enfance, tout au fond de lui un quelque chose d'insaisissable essayait de l'éveiller à l'inattendu, aux rêves improbables.

    L'école ne l'avait jamais enthousiasmé. Il l'avait fréquentée par obligation, contraint à se combattre lui-même chaque matin de chacune des journées scolaires, contraint d'aller chauffer, contre son gré, le banc le plus éloigné du tableau vert. Germain s'était malgré tout montré assidu dans ses études. Un tant soit peu appliqué, il avait sauvé son parcours scolaire par quelques petits diplômes satisfaisants. Cependant, il avait préféré se nourrir d'aventures rocambolesques comme celles de Jules Verne lorsqu'elles le transportaient vers des univers inhabituels ou mystérieux. Ce tout jeune gout pour la vie hors du carcan institutionnel l'avait aussi mené à s'orienter vers d'autres lectures plus réalistes. André Cognat, Jacques Lizot et Géromine Pasteur lui avaient ainsi fait toucher du bout de l'esprit le mode de vie de quelques peuples premiers, naturels. Ces populations à l'écart du monde évolué avaient éveillé sa curiosité. Il les percevait vraies, authentiques. Les nombreuses peuplades en marge du style de vie artificiel attiraient tout particulièrement son attention émotionnelle. Il avait aussi su intégrer la clairvoyance de Claude Levi Strauss à propos de l'état du monde qui, dans « Tristes Tropiques », corroborait justement la vision que Germain se faisait des civilisations, de leurs écoles classiques et des façons de conditionner les populations.

    Ce bout de vie à passer les années bêtement assis, en vue de se faire inculquer un enseignement mal orienté, opposé à la logique de ce qu'est une planète vivante et entière, lui avait paru pénible. L'instruction établie ne lui avait pas convenu du tout. Plutôt que de l'enrichir de notions universelles, elle lui avait fait éprouver la désagréable sensation de le diriger droit vers une marionnettisation des individus et vers un vide sidéral intérieur. « Dans les démocraties les individus sont libres » ; Germain ne croyait pas en cette attribution dont il percevait l'envers caché de la belle médaille.

À seize ans, il avait donc préféré des études courtes et techniques qui le mèneraient, avait-il pensé, plus rapidement à son indépendance. Puis, dès sa majorité, il avait enfin pris pied dans une vie active déjà forcenée, dans laquelle un enjeu sécuritaire préconisait d'économiser un pécule pour en arriver à la propriété privée ; avec pour cadeau l'endettement, l'imposition, une complète dépendance au système et à son cercle vicieux, duquel ensuite on ne peut plus échapper. Une année plus tard, ses convictions pacifistes lui avaient fait découvrir, et ressentir, les murs d'une geôle civile. Il y séjourna six douloureux mois parmi la délinquance commune. Son crime : un refus d'obéissance ; il n'avait pas accepté un autre invraisemblable enseignement obligatoire à ce moment-là, celui du service militaire étatique, tout aussi asservisseur.

Les idéaux pacifistes que Germain portait en lui faisaient écho à l'éducation que lui avaient déployée son père et son oncle. Durant ses quelques jeunes années militantes, ils lui avaient prodigué les enseignements familiaux. Ni maître ni dieu, et Liberté, Égalité, Émancipation, avaient été les maîtres-mots.

Les deux frères, alors enfants et déjà en voie de devenir réfugiés de la dictature militaire espagnole, entraînés par leurs parents, avaient fui la violence fasciste ibérique, osant traverser les Pyrénées à pied, de nuit et à l'insu des autorités bilatérales. Une dictature idéologique et religieuse les avait ainsi conduits à passer dans la partie française de la Catalogne. Germain discerna plus tard que cette territorialité culturelle, entière, au moment où elle avait été conquise quelques siècles auparavant, avait été divisée en deux, dans le dos des citoyens concernés, par une frontière convenue entre deux nations impérialistes suite à plusieurs guerres, pour l'intérêt habituel d'élargir leurs pouvoirs et renforcer les profits.

Son grand-père avait participé à la résistance en Espagne. Il avait été un guérillero contre le franquisme. Il avait aussi combattu l'Église parce qu'il était convaincu que la liberté élevait les peuples, et qu'à ce moment-là les dignitaires d'un bien drôle de dieu, soutenant le pouvoir tyrannique illégitime en place, en avait profité pour affirmer eux aussi leur autorité, avec leur religion obligatoire et leurs châtiments.

Le difficile et immérité séjour d'incarcération, résulté de son refus d'accomplir le service militaire, s'était déroulé sous les hostilités du directeur de prison jubilant de son zèle. Face à l'injuste affaire, des médias internationaux pacifistes avaient suscité un élan de soutien sur la planète. Quantité de lettres étaient arrivées sans discontinuer des cinq continents. Les protestations de Germain l'avaient agacé. De nombreuses correspondances internationales soutenant sa rébellion avaient exacerbé l'humeur irritée du directeur.

Par chance, cette captivité n'avait pas été que négative. Une parenthèse positive, inattendue dans ce milieu carcéral, s'était ouverte à Germain. Par un improbable hasard, la prison qui enferme les corps avait malgré tout pu faire évader son esprit en déposant entre ses mains un récit de Thor Heyerdahl. Sur une île au nom rêveur de Fatu Iva, l'auteur aventurier et son épouse avaient voulu expérimenter une vie quelque peu robinsonnienne. L'épopée déclencha alors chez Germain la volonté de prendre un tournant dans sa vie. La narration lui avait fait prendre conscience de ce que devrait être une existence. Non pas un abrutissant train-train quotidien régi par le boulot-métro-dodo et entrecoupé de quelques sottes vacances réparatrices, mais plutôt un voyage personnel au pays de la connaissance : cette école de la vie où l'on peut nourrir et enrichir son intellect par plaisir, de manière autodidacte, pour une meilleure évolution personnelle et une réelle prospérité intérieure.

Des médias dissidents des cinq continents avaient ébruité cette affaire incommodante d'incarcération. À la consternation du directeur, Germain fut extrait des quatre murs avant la fin de sa peine, avec malgré tout l'absurde mention « P4 », soit fou à lier !
Au pied de l'enceinte, ses parents s'étaient étonnés de ne pas le récupérer heureux de sa liberté retrouvée. Lui-même s'était questionné à ce propos ; il n'avait pas ressenti le légitime bonheur qui aurait dû le faire sauter de joie, ou du moins ouvrir grand ses bras vers l'immensité de l'air bleu – ce vaste espace où seuls les oiseaux vivent libres, dépourvus de carcans institutionnels et d'artifices contre nature.

Pour autant, de retour dans la vie active, il ne s'était pas senti plus libre. Germain n'arrivait plus à retrouver une sereine joie de vivre. Entre les quatre murs de béton armé, son esprit s'était ouvert et lui avait fait entrevoir la possibilité d'accéder à un monde différent de la quotidienneté établie.

Lors d'un marché dominical de la ville, au milieu d'un amas de bibelots « empucés », il avait un jour trouvé un étonnant petit écriteau de plastique rigide. Depuis, chaque jour, il avait pu s'imprégner de l'inscription « Qu'est-ce que je fais ici ? ». Tous les matins de chacun des jours, posée bien en évidence sur sa table de bureau, cette plaque de couleurs vives lui avait sauté aux yeux. Les grosses lettres rouges imprimées sur un fond jaune vif l'avaient harcelé. Germain, mal dans sa peau, s'était posé cette même question existentielle inéluctable : « Mais qu'est-ce que je fais donc ici ? ».

En quelques mois, l'éloquente inscription lui avait fait prendre conscience de l'évidence. Pour retrouver la joie, il lui faudrait quitter une vie bien trop rangée, trop carrée, trop fermée. Il devrait alors sortir de ce cocon sociétal qui l'engluait pour pouvoir transformer sa vie. Peut-être, aussi, se transformer lui-même comme une repoussante chenille en un merveilleux papillon.

C'est ainsi qu'à l'âge de vingt-trois ans, la quête du bien-être personnel propulsa Germain dans une autre région du monde. Mais aussi dans un style de vie éloigné de ce qu'il connaissait et de ce qu'on lui avait inculqué.

Peut-être, cet indispensable besoin intérieur était-il provenu d'un héritage familial, inconscient, ancré au plus profond de lui-même ? Il n'avait retenu aucun souvenir de son grand-père, celui du côté maternel. Il était mort – avec la grand-mère – bien trop tôt, pendant un accident domestique, loin de ses trois enfants et de ses petits-enfants, au moment où Germain étrennait à peine sa dixième année de vie. Avide et éternel voyageur, ce grand-père fougueux, tout juste sorti de l'adolescence, avait fui la vie bourgeoise qui l'avait bercé, mais aussi la sale guerre hitlérienne. Il avait par la suite fondé sa famille, et l'avait guidée dans des aventures bohèmes faites de lieux de vie insolites : un ancien bunker ou encore un vétuste autobus, réaménagés pour un petit bout de vie. Il avait parcouru quelques pays d'Europe, d'Afrique du Nord, et coïncidence étrange, une partie de l'Amazonie. C'est en Catalogne du Nord qu'une de ces filles avait alors croisé le chemin du futur père de Germain.

{— Déjà, une jeunesse assez particulière pour Germain, n'est-ce pas Henri ? Voyons ce qu'il se remémore depuis le départ d'Amérique du sud, durant son vol de retour vers ses racines.}

 # Séance avec le Yagé

J'amorce une nuit tiède et mystérieuse, très désirée de ma part ! Épris d'une envie de connaître et de comprendre, ma curiosité m'a conduit ici pour tenter une bien étrange expérience. Je me trouve enfin là, attentif et assis proche de Taitá Jënÿá. Un sacré petit homme, gringalet, le visage allongé, une attitude toujours posée. Ce soir, je le sens serein, un tantinet mystérieux, et dans l'air flotte un je ne sais quoi qui me laisse présager la soirée pour le moins déconcertante. Cela me ravit d'être ici, mais je suis soucieux. Cet évènement peu commun relève d'un monde auquel je ne m'identifie pas. À cet instant j'appréhende les prochaines heures ; à peine quelques minutes auparavant, j'ai laissé fluer dans mon gosier quelques millilitres d'une substance sombre très amère. À présent je ne peux plus faire marche arrière. Je m'interroge sur ce qu'il adviendra de mon esprit. 'Où ira-t-il gambader ? Où donc me guidera Taitá Jënÿá ? Et mon corps, comment réagira-t-il ?'

Pendant que le circuit sanguin véhicule les substances psychotropes dans tout mon être, je questionne mon hôte à propos de l'étrange univers qu'il manie avec sa communauté ; à mon sens, un monde aussi peu consistant qu'une boule d'air entre deux mains creusées. Nous attendons ainsi que les effets bousculent nos esprits, peut-être même nous mènent vers d'autres mondes par-delà mes réalités. Lui, le guide, sait où. Moi, jeune curieux, à peine sorti de l'adolescence et empli de rêves d'aventures singulières, sans la connaissance suffisante, je le suivrai au travers des méandres de ma matière grise.

Les yeux clos, je tente de trouver une concentration révélatrice alors que, pour l'instant, rien n'illumine un éventuel imaginaire.

Ça chahute : les enfants de mes hôtes sont agités. Ils rentrent et sortent sans cesse comme tout jeune enfant qui à peine l'énergie ingurgitée nécessite de la dépenser sans compter. L'endroit est ainsi bruyant. Puis, deux bougies, collées sur la vieille table par un conglomérat de cire verte durcie, apportent trop de lumière. Aussi, quelques éléments particuliers détournent mon attention curieuse ; ils révèlent les mœurs des occupants de cette habitation simple mais peu ordinaire. Tous ces éléments me perturbent ; ils ne sont pas propices à une concentration aisée. À cet endroit précis, je voudrais entrevoir le tréfonds de mon esprit. Je m'impatiente, je voudrais rentrer dans le vif du sujet.

À l'extérieur, la nuit règne, sombre et exceptionnelle. Les étoiles étincelantes semblent à portée de main, et toute la Voie lactée parait plus dense, plus fournie qu'ailleurs. C'est proche de l'équateur que le beau hasard m'a fait suspendre, pour un instant, le cheminement bohème de ma nouvelle vie.

Je m'accoude sur la longue table de planches devenues grises avec le temps. Le seul gros ameublement fait mauvaise mine. Il est comme une verrue, il semble ne pas être à sa place dans ce monde-là qui n'en a jamais eu la nécessité. Sur ses plus longs côtés, deux bancs tout aussi vétustes l'accompagnent. Je suis assis sur l'un d'eux. Là, pour le temps des quelques prochaines heures, mon être aimerait s'envoler sans encombre et côtoyer le monde onirique de l'ethnie Kamëntšá.

C'est autour de ce mobilier quelque peu formel que Taitá Jënÿá reçoit les étrangers à sa communauté. La famille et les amis préfèrent se retrouver dans le recoin au fond à gauche de la grande pièce, là où par tradition brûle le feu sacré. Ils prennent souvent leur place au ras du sol en terre battue, proche du foyer de cuisson, parfois accroupis, le plat creux entre les genoux, ou alors assis sur de très bas tabourets sculptés d'un seul bloc dans un morceau de bois tendre. C'est le domaine de Tsjuanoca. Elle a le pas ferme, les gestes précis. Une tenue traditionnelle colorée embellit sa fierté amérindienne. Lorsque son heure arrive, elle organise le foyer de cuisson avec du bois. Elle positionne toujours trois troncs de petit diamètre en étoile. Leurs extrémités – intercalées entre trois gros cailloux qui représentent les fondations de la famille (père, mère, enfant) – forment alors le brasier. Lorsqu'il nourrit une belle flamme, ces pierres supportent l'auge de terre cuite noircie par une accumulation mémorielle des nombreuses préparations culinaires.

En ce début de nuit, quelques restes de braises élèvent encore une fine fumée. Elle se déploie lentement sous la toiture brunie et colporte ses molécules jusqu'à mes narines. Je perçois ainsi l'odeur des aliments disposés en hauteur sur le fumoir. Installé sur le banc, mon dos appuie la cloison de torchis. La maisonnette est robuste. Taitá Jënÿá et Tsjuanoca l'avaient bâtie eux-mêmes, de façon traditionnelle, aidés de quelques « mingas » : un système d'entraide solidaire – issues de traditions séculaires – indispensable dans une vie en communauté dépourvue de capitaux. Les murs, faits de glaise mêlée à de la paille et de quelques cailloux, protègent de la chaleur le jour, de la fraicheur aussi, lorsque certaines nuits des déluges débordent de nuages turbulents. Dans cette contrée subtropicale, ils s'abattent par instants, créent des cascades au bout de la retombée des toits et creusent des rigoles argileuses sur le pourtour. Des feuillages recouvrent la toiture de tôles ondulées et défendent ainsi d'un rayonnement parfois chaud et peu supportable. Ces tôles sont pourtant impropres à leur habituel mode de vie respectueux envers la nature. Les indigènes de cette ethnie les utilisent depuis que les missionnaires, par leur sainte intolérance, ont contraint leur proie à se sédentariser. La terre du sol est rouge, battue et compacte comme dans beaucoup des habitations indigènes en Amazonie. Au fur et à mesure des passages des plantes de pieds, la matière est devenue soyeuse, agréable sous la corne des pieds nus. Ici, le courant électrique est une songerie sans fondement, et l'eau coule librement. Elle court le long d'un large ruisseau qui sinue avec une limpide symphonie cristalline entre des rochers de grès noir, bas et arrondis.

L'endroit se situe sur un haut plateau préamazonien, exempt ici de moustiques butineurs de chairs blanches. Des effluves tropicaux embaument les alentours. Le lieu, élémentaire, beau, isolé dans une nature abondante, m'apparait chaleureux, riche de belles valeurs, plein d'une vie simple qui prend aux tripes et au cœur. Je m'y sens comme à l'intérieur d'une belle parenthèse naturelle à l'écart de mon monde moderne et artificiel.

*

Face à moi, de l'autre côté de la pièce, assis dans la pénombre sur une chaise usagée et branlante, Taitá Jënÿá, les yeux bridés, la peau cuivrée, chantonne à voix basse. Entre ses lèvres à peine entrouvertes, il laisse échapper une douce mélopée incompréhensible. Elle m'intrigue. Elle est issue du langage des esprits de son monde. Taitá Jënÿá les invite ainsi à parfaire la cérémonie. Il agite avec bruit le bouquet de longues feuilles sèches, un instrument indispensable. Il les avait cueillies soigneusement, avec le plus grand des respects, de façon chamanique après avoir invoqué les esprits des plantes et de la forêt. Par son usage, Taitá Jënÿá sait appeler ou chasser toutes sortes de bons ou de mauvais esprits. C'est un outil tout aussi essentiel que la désagréable potion qu'il m'a fait ingurgiter quelques instants plus tôt.

Dans un angle de la pièce, des termites affamés rongent un petit meuble vieillot et rudimentaire. Posé dessus, le portrait encadré du propriétaire trône comme un glorieux diplôme. Taitá Jënÿá pose avec une fierté imposante et, malgré les couleurs maintenant délavées, il m'intimide. Il apparait en tant que guérisseur dans toute sa splendeur traditionnelle, l'air assuré de sa compétence. Un habit coutumier de couleur sombre l'enveloppe, tissé main, et une couronne de plumes multicolores sur le tour de sa tête fait rayonner le personnage. Son cou supporte une bonne épaisseur de divers colliers chaque fois plus allongés jusqu'au bas de sa poitrine. Ils sont les attributs talismaniques significatifs de son ethnie et de son rang, composés de petits ossements et de dentitions animales, de graines et de plumes. Des ornements de provenances magiques aux dires du guérisseur.

Taitá Jënÿá s'enquiert de mon état. « Rien n'émoustille encore mon ciboulot ! » lui dis-je. Malgré tout, je me sens anxieux. Je n'imagine pas ce qui bientôt adviendra dans mon amas de neurones rationnels.

Une brève expérience précédente, chez une autre ethnie, n'avait pas assouvi mes espérances. Mes hôtes m'avaient sans doute trouvé trop blanc de peau – donc d'esprit – trop intrusif dans leurs rites, et avaient apparemment contenu les effets hallucinogènes, me barrant ainsi l'accès à tout le côté sacré pour ne me faire bénéficier que la part purgative du breuvage.

Taitá Jënÿá, les cheveux épais et lisses, noirs comme une nuit sans lune, coupés au bol selon la coutume des moines qui un temps avaient été leurs maîtres, m'apparait comme impénétrable, en dehors du réel dans cette situation singulière. Pour cette séance, nous ne sommes que lui et moi, en tête à tête. À vrai dire, je ne sais pas à quoi m'attendre, mais je pressens la soirée prometteuse. Mon intuition ne tire pas son origine de l'allure qui le désavantage ; il ne lui a pas semblé nécessaire de m'impressionner par un apparat cérémoniel. Il est vêtu dans une simplicité occidentale mais pas à la mode. Sans doute, avait-il dégoté ses vêtements de bas prix, trop grands et trop larges, dans l'authentique et coloré marché dominical de la vallée.

Pour imprégner ses trois jeunes enfants des pratiques traditionnelles, il leur avait permis de nous accompagner un instant. J'avais bien vu leur excitation à prendre part une nouvelle fois à un acte « magique ». En cherchant à se concentrer eux aussi, ils se sont endormis à même le sol. Taitá Jënÿá leur avait servi le breuvage en une faible dose dans un but dépuratoire ; mais peut-être les fait-il déjà voyager dans leur sommeil, parmi toute une batterie d'esprits, ceux des plantes, des arbres, des animaux, des eaux et des monts. Taitá Jënÿá les réveille tendrement. Il les somme d'aller retrouver leur literie aérienne ; des hamacs encore immobiles les attendent.

Le moment attendu va semble-t-il s'installer. Entre ses larges doigts calleux de cultivateur, Taitá Jënÿá étouffe la flamme de l'une des bougies. Un dernier spasme s'évapore alors dans une fine volute blanche. Elle envahit le lieu, et une grossière odeur de cire brûlée se diffuse puis se mêle à celle de fumée refroidie. Il déplace la seconde à l'écart, sur le cul d'une jarre d'argile renversée. Elle n'apporte ainsi plus qu'une simple lueur dans la pièce où il me guidera vers je ne sais quelle autre dimension. De légers déplacements d'air font osciller la flamme qui met alors en scène des ombres mouvantes, amples et fantomatiques, imprimant une atmosphère intrigante.

Le silence prend enfin possession de l'endroit. Il me permet de me concentrer, de me focaliser sur la surface intérieure de mes yeux clos et sur les « entrailles » de mon cerveau. Il voudrait bien maintenant s'ouvrir et dévoiler la possibilité de ses folies intérieures.

Je perçois enfin les prémices d'une ivresse. Elle voyage à dos de globules. À l'intérieur de mes veines, elle prend de la consistance. Rapide, pétillante, sa vigueur s'accentue à chaque instant puis, me faisant frémir le haut du crâne, pénètre enfin l'esprit comme un éclair. Lors de minces tentatives antérieures, l'ivresse causée par le Yagé n'était jamais montée en moi à un degré si haut en un aussi bref instant. Ce soir, l'ivresse bouillonne. Des milliers de « bulles » minuscules éclatent et pétillent. Au milieu de mes molécules abasourdies, elles libèrent une substance envahissante qu'aucun de mes sens ne peut contrecarrer. Ces alcaloïdes font naitre en moi l'appréhension que les choses puissent aller trop loin vers des dimensions labyrinthiques. Je l'avais déjà entendu raconter de la bouche de quelques initiés croisés sur mes chemins investigateurs. Certains m'avaient assuré avoir perdu le sens de la réalité lors d'une transe trop profonde, et n'avaient alors pu retrouver la sortie que par le savoir-faire du guérisseur ; d'autres avaient pleuré toute une nuit, choqués par ce qu'ils voyaient et vivaient dans les bas-fonds de leur esprit peut-être tourmenté à ce moment-là.

J'essaie de calmer l'emballement de mes sens. Je voudrais ralentir le pouls de mon flux sanguin et adoucir cette spirale enivrante, trop forte, inquiétante à mon gout de néophyte. À intervalles réguliers, je me contrains à ouvrir les paupières. M'extraire de la concentration devrait atténuer l'intensité de cette oppression éthylique. Lors d'une rencontre avec des initiés, j'avais eu écho de quelques astuces de ce genre. Une anxiété m'envahit. Il est temps que je vérifie l'efficacité de ma ruse.

Elle n'agit en rien. Lorsque j'entrouvre les paupières, je perçois l'alentour peu prévisible, comme si rien n'était tout à fait réel. Tout le solide brille, étincèle presque, et l'atmosphère gazeuse semble une mousse scintillante sous de puissants rayons d'une lune absente.

Taitá Jënÿá, paisible, m'interroge à nouveau au sujet de mon état.

— Je me sens ivre, lui dis-je.
L'esprit vaporeux, je reste malgré tout bien conscient de ce qui se déroule, bien accroché à l'endroit où je me trouve.

Il n'a pas une très grande expérience de guérisseur, cependant il en a une ample connaissance. L'utilisation du Yagé et des plantes médicinales n'ont aucun secret pour lui. Taitá Jënÿá ne pratique en réalité l'art de la transe qu'à l'intérieur de l'enceinte familiale, lors d'occasions peu fréquentes. Il s'aide du breuvage afin de rééquilibrer un égarement psychologique, ou pour aussi récupérer une information pratique auprès de quelques esprits. Durant toutes ses jeunes années initiatiques, son père, avec une patience méticuleuse, s'était employé à lui transmettre ce savoir millénaire. Au moment de prendre son « envol » en dehors de la cahutte qui l'avait vu naitre, Taitá Jënÿá n'avait pas suivi les conseils avisés de son entourage et avait préféré ne pas exercer cet art en tant que profession. Ainsi, m'avait-il expliqué, il n'était pas amené à exercer la magie noire. « Acte que je ne pratique jamais », m'avait-il confirmé.
De nature réservée mais habituellement souriant, ce soir il arbore un air solennel. Ses gestes sont sûrs, ses rituels précis. Le cercle de plumes colorées autour de sa tête semble faire envoler son esprit. Ses incantations sont d'un monde où les paroles n'ont de sens que pour les initiés et les êtres surnaturels. Tout cela m'inspire un profond respect et m'installe dans un cocon tissé de traditions élaborées.

C'est Tsjuanoca, son épouse, qui lui avait soufflé de préparer cette séance de Yagé à mon intention.

J'évoluais, depuis quelques semaines déjà, au sein de leur ethnie située au milieu d'une large vallée verdoyante. À l'Est, la crête des collines bascule dans le vaste et humide bassin amazonien. À l'Ouest, la piste dégradée grimpe tortueusement vers les Andes centrales froides. Le lieu déconcerte par sa beauté et son authenticité : tant au niveau du paysage – où se mêlent une nature arborée sans une seule rangée rectiligne, des clairières sans formes géométriques établies, et des espaces semés de végétaux comestibles, eux aussi désordonnés et divers –, qu'au niveau de l'humain, qui permet à tout insecte, tout animal sauvage de conserver sa place, et fait en sorte que la terre ne soit une propriété, ni même à l'image de « l'homme » formaté pour qui tout doit être tiré au cordeau, regroupé par espèce et rentré dans une case.

Tsjuanoca, à peine plus jeune que son compagnon pour la vie, porte en elle la fierté d'appartenir à une ethnie séculaire. Elle vêt toujours, avec allure, les habits traditionnels. Un rectangle de toile noire plaqué autour de sa taille couvre le haut de ses jambes, et un haut, clair, coloré, égaie sa physionomie. L'étoffe épaisse de coton blanc, fait main d'un tissage élaboré, est ouvragée de nombreuses ornementations symboliques liées à sa culture. Elle est une femme convaincue de l'intérêt vital des traditions, notamment dans son ethnie : les Kamëntšá. Plutôt que de chausser ses pieds, elle préfère les avoir toujours nus pour ressentir et utiliser l'énergie de la Terre. Ils sont larges, puissants, ils se modèlent de manière étonnante sur tous types de sols. Une vie quotidienne à l'air libre marque déjà son visage typé. Nombre de sillons, de plis ordonnés, dessinent ses joues et son front avec tendresse. Tsjuanoca irradie ainsi une splendeur intérieure peu commune, et, à sa seule vue, c'est une émotion bien chaleureuse qui me submerge.

La passion d'une discussion nous émouvait parfois, et leur vie coutumière constitue son sujet de prédilection. C'est ainsi qu'elle m'avait commenté les dégâts occasionnés durant l'époque récente des missionnaires, tout comme l'emprise de ces colonisateurs sur son ethnie. Le temps de leur dictat, usant de malhonnêtetés, ils s'étaient notamment approprié de nombreuses terres alentour, « pour le bien de leurs "brebis" » avaient-ils insinué dans les esprits naïfs. Ils avaient pour cela mis en œuvre quelques perfidies de leur acabit, au nom d'un bien drôle d'oiseau que leur Dieu. Mais ils avaient aussi profané et interdit l'emploi de l'indispensable Yagé. Pour autant, ces religieux, pur produit des civilisations, ne purent jamais anéantir l'esprit rebelle Kamëntšá qui palpitait encore au plus profond d'un recoin où résistait leur orgueil. En cachette, avec habileté, ils avaient perpétué l'utilisation du Yagé. Ces cérémonies clandestines leur permirent alors de conserver un minimum de leur culture et de leurs savoirs, indispensables dans leur mode de vie. Il s'agissait d'atouts, m'avait expliqué Tsjuanoca, nécessaires à une identification ethnique ancestrale, elle-même fondamentale à leur survie en tant que peuple millénaire.

— La communauté Kamëntšá, considérons la sécurité d'un savoir ancestral, efficient, crucial pour notre sérénité intérieure ! m'avait-elle affirmé.

L'ambition qui avait mené les religieux ici leur avait été commandée par une volonté obstinée à faire entrer ces Amérindiens dans leurs rangs. Ils avaient ainsi usé de leur hypocrite argument de salvation pour extraire les autochtones d'une vie millénaire bien ajustée à l'équilibre des choses. Ces nouvelles « brebis » devaient abandonner leur manière de vivre, saine et logique, respectueuse des maillons de la chaine des vivants. Les religieux, par leurs belles paroles pourtant intolérantes, s'étaient sentis fiers de s'être immiscés là. Au nom de la civilisation ecclésiastique, ils s'étaient autorisés à anéantir une culture et des croyances qui avaient accompagné la sérénité des Kamëntšá au long de milliers d'années.

J'avais profité de ses remarques au sujet du Yagé pour lui faire part du profond souhait qui m'obsédait : tenter l'expérience mythique de cette fameuse et puissante plante sauvage, et partager une cérémonie étonnante parmi les siens.

Elle m'avait rapidement présenté Taitá Jënÿá. Au premier abord, il m'avait paru plutôt fragile pour un indigène des basses montagnes, mais ensuite, à son attitude comme maligne, maître de lui, exhibant un visage impassible, il m'avait intimidé. Ses yeux noirs, puissants, m'avaient fixé d'une étrange expression. Sa poignée de main, molle, m'avait fait sous-entendre le peu de confiance qu'il pouvait accorder à un blanc, qui plus est issu d'une civilisation. Me trouvait-il trop artificiel, trop intrusif à son goût ? Il faut dire que beaucoup d'Amérindiens considèrent l'homme blanc comme un barbare, un voyou dépourvu d'un quelconque autre respect que pour celui de l'argent, de la convoitise et de la gloire.

C'est après quelques semaines passées aux côtés de Taitá Jënÿá, profitables à ma curiosité et mon entendement, que j'obtins la confiance nécessaire de sa part. Il avait apprécié mon aide, pourtant malhabile, dans son travail aux champs. Il avait aussi su reconnaitre mon intérêt honnête, et philosophique, à comprendre sa culture. Notre relation était devenue honorable et l'avait alors prédisposé à enfin organiser cette séance. J'avais voulu l'imaginer intéressante et instructive malgré l'appréhension de l'inconnu. Il m'avait donné rendez-vous dans sa maisonnette quelques jours plus tard. Entre-temps, il s'était rendu dans la forêt pour s'imprégner des esprits des plantes et s'entretenir avec elles. Il devait, après leur avoir soumis ses intentions, collecter les ingrédients nécessaires à la préparation de la potion hallucinogène : un type de liane particulière de l'Amazonie, ainsi que quelques feuilles d'un arbuste appelé ici « Chagruna ». L'une amène l'ivresse, l'autre « la pinta » : le style de visions. Les deux ne peuvent être dissociés et contribuent à l'élaboration du Yagé.

De retour de sa cueillette, il m'avait invité à éclater ces végétaux dans un recoin spécifique de son champ afin de libérer leurs fibres. Je m'y étais attelé à grands coups acharnés d'une lourde bâte de bois, sur une large pierre à peu près plate, légèrement creusée par les années d'utilisations. Nous avions ensuite mis tout ce matériau trituré à l'intérieur d'un chaudron au-dessus d'un feu alimenté par d'épaisses branches. J'aurais pu présumer ce récipient magique tant la situation rappelait les contes de sorcières. Les braises crépitaient de vivacité. La décoction mijota durant de longues heures sous la protection de quelques incantations que Taitá Jënÿá prononçait régulièrement selon l'avancée du processus. Le résultat consista en un concentré sombre, épais et presque inodore, pas très affriolant à la vue : le Yagé que nous avalerions le lendemain.

*

Je révèle à Taitá Jënÿá mon état d'ivresse maintenant accru.

— Par contre je n'aperçois toujours rien, le noir absolu dans mes yeux clos.

Il m'approche alors, puis susurre à mes oreilles une délicate mélopée. La mélodie est émouvante. Elle se dévoile sur une intonation indigène typique, curieusement assez similaire dans toute l'Amérique amérindienne. Dans le même temps, une vibration vive de son avant-bras agite le bouquet de feuilles sèches et sonores sur tout le pourtour de mon corps. Il désire peut-être ouvrir mes pores à l'acceptation de ce qui se produira. Il accompagne ce rituel de quelques incantations mystérieuses, et termine par un « il fait froid n'est-ce pas, tu n'as pas froid ? ».

— Absolument pas, lui dis-je.

Je ne perçois qu'une douce aura agréable et tiède. Elle m'enveloppe délicatement à la manière d'un cocon de duvet.

J'y réfléchis pourtant un instant...

Quelques frissons désagréables se réveillent en moi.

Je rectifie ma pensée et lui affirme que : « oui, il fait froid ! ». Contre mon entendement, les frissons se transforment alors en de terribles tremblements. Tout mon être en est secoué, ébranlé par une force mystérieuse. C'est comme si une étrange et puissante vitalité intérieure, comprimée en moi, s'efforce à s'extirper de mon enveloppe corporelle étanche. Par moment, ayant trouvé l'orifice échappatoire, telle la soupape d'une cocotte-minute, quelques longues expirations intenses et bruyantes s'échappent par ma bouche. Elles s'extraient sans ma volonté, et deviennent plus puissantes à chaque instant qui passe comme si tous mes organes montaient en ébullition.

Des choses émergent alors dans mes yeux clos, d'une apparence et d'une vivacité réelles et surprenantes. Des boules de couleurs vives se meuvent dans tout l'espace. Les sphères sont animées, excitées, et semblent en vie tellement elles étincèlent et vibrent.

Je suis seul dans la pénombre, assis sur le banc inconfortable, les bras ballants le long du corps. Tout ce que je peux ressentir accapare mon attention. Je perçois la mince cloison appuyée de mon dos, mitoyenne à une autre pièce de la petite habitation. Quelqu'un s'y trouve. Un des enfants qui peut-être ne trouve pas le sommeil. Des bruits sourds y résonnent. Je les entends tout aussi distinctement que si une magie m'y avait transporté. Mon intuition me suggère alors qu'il joue avec de gros objets métalliques. Ils s'entrechoquent au niveau du sol tout aussi dense. Pourtant, mon ouïe ne perçoit pas ces bruits comme ils devraient l'être, mon côté conscient de la réalité m'en persuade. Il s'agit d'un puissant chahut électronique, comme sorti d'un flipper endiablé ou d'un synthétiseur hors de contrôle.

Je n'entends plus rien dans la pièce d'à côté. À l'extérieur, un son bourdonne en continu, une basse fréquence monocorde, hors contexte dans ce lieu isolé. J'ai la perception qu'un cyclomoteur passe devant la maisonnette. Au bout d'un instant, je me rends à l'évidence que dans le temps qui passe ce cyclomoteur ne s'éloigne pas. Un passage sans fin. Malgré l'ivresse, les hallucinations visuelles et auditives, je reste tout à fait lucide. Je suis conscient de la réalité présente, de ma situation loin de toute civilisation, et d'être installé sous le toit d'une belle famille amérindienne dans le piémont amazonien. Je discerne alors, que ce bruyant bicycle à moteur ne passe en non-stop que dans mon esprit. Craintif, je comprends que l'ivresse a monté d'un cran ! Yeux clos, les visions deviennent électriques. Des mini éclairs fins et ciselés, des flashs multicolores intenses et vifs, animent tout mon espace mental.

Ces bruits électroniques, acérés, exaspérants, ces couleurs trop extravagantes, artificielles, deviennent vite insupportables à mes sens qui aspirent à une paix avec tout le naturel. Dans ma conscience, ils me représentent : moi, l'homme de la civilisation avec mon monde tout électrique, tout informatisé, bruyant et empli de couleurs exagérées.

 # Germain (2)

{— Mais, dis-moi Sophie ! Quelle serait son intention profonde en expérimentant ce genre de choses, si fortes ?}

{— Je t'explique !}

Il s'était retrouvé là, loin de ses racines, en pleine nature parmi les Amérindiens, avec l'intention de découvrir une autre façon de vivre. Il avait désiré s'ouvrir à une autre philosophie que celle, dans la société industrielle et moderne, de la rentabilité à tout prix et de ses dogmes égocentriques. C'est pour réintégrer en lui l'état de nature qu'il avait entrepris son évasion. Dans sa logique, la nature, que nous avons – en quelque sorte méprisée – chassée de notre conception de la vie, l'ouvrirait à un univers sensé, opposé à celui des civilisations que beaucoup, pourtant, magnifient. Il avait voulu satisfaire son puissant désir d'essentialité qui brûlait au plus profond de son être. Parce que le monde duquel il provient, pour lui, ne coulait pas de source, il avait préféré le quitter pour chercher un réveil intérieur. Le monde bétonné et futile l'horripilait déjà à son jeune âge, et son instruction l'endormait. Durant ses jeunes années, on lui avait appris à rêver de liberté et d'égalité ; en partant, il mettait le cap vers ces préceptes. Durant quelques années avant son départ, il avait senti monter en lui la nécessité profonde de connecter tout son être à une vie la plus cohérente avec ce qui fait de Terre l'exception précieuse dans l'Univers.

Le grand départ, la séparation avec son cocon sociétal vide de bon sens, s'était déroulé un 22 août. Pour Germain, il avait été une seconde naissance, un accouchement de lui-même provoqué de sa propre initiative auquel il assistait en toute lucidité. La « bouffée d'oxygène », qui d'un coup envahit alors son être et son esprit, l'avait instantanément soulagé de sa première vie désaccordée. Cette sensation de renaitre, forte, consciente, faisait ainsi envoler ses rêves vers leur extraordinaire accomplissement. Dorénavant, il vivrait SA vie, qu'il choisirait à chacun des instants à venir, sans que quiconque ou quoique ce soit ne lui impose ou même ne lui insinue des obligations. Ainsi, s'était-il persuadé, il fêterait dorénavant son anniversaire à cette nouvelle date. Une date mémorable à laquelle, au beau milieu d'un des wagons tirés par une locomotive « intemporelle », il s'était senti emmené du centre du monde – sacré Dali ! – jusqu'à Paris. La capitale ne serait qu'une escale fugace d'où il poursuivrait sa fuite en direction d'un autre univers encore onirique à ce moment-là de sa vie. Pour Germain, l'avion à destination de l'Amérique du Sud serait « transuniversel » tant il espérait trouver une vie différente, avec tout à réapprendre dans un monde qu'il souhaitait contraire.

Peu après avoir pris place dans ce train en quelque sorte magique, il avait retrouvé, presque d'instinct, un sourire ouvert jusqu'à ses deux oreilles. Et, déjà, il oubliait la contraction musculaire nerveuse, latente, accumulée depuis sa sortie de prison. Quelques minutes après s'être installé dans le train, il s'était senti enfin léger, et cette fois-ci bel et bien libre. Pas seulement des quatre murs qu'il avait dû supporter pour refus d'apprendre la guerre, mais aussi libre du carcan institutionnel qui emprisonnait son désir de vivre autrement. Il avait ainsi ressenti le plaisir d'entrevoir ce que serait sa vie à partir de cet instant.

Germain comprit que sa geôle n'avait pas été les seules quatre parois bien concrètes. Elle avait aussi été les murs invisibles qui encadrent nos vies rigides, déjà toutes tracées, presque préconçues, comme à l'intérieur d'un corridor. Un peu à l'image de la vie d'un malchanceux animal sauvage, ou d'une pauvre créature de collection, se retrouvant contre nature à l'intérieur d'une réserve limitée, d'un enclos, ou pire encore enfermé dans une cage, un vivarium ou un aquarium. C'est ainsi, coffrées à l'intérieur d'un long corridor, que Germain percevait les civilisations et tous ses humains fous.

Germain faisait donc le mur. Soulagé, il quittait ce monde étriqué. Son seul espoir de vivre dans le monde véritable, par-delà l'artificialité moderne, l'orienterait vers un autre univers, authentique s'était-il assuré.

Ce premier pas-là – osé par le fait de quitter ses racines natales évoluées (un monde dit : rassurant) afin d'intégrer un univers inconnu sans aucun proche à ses côtés pour éventuellement le soutenir ou simplement l'accompagner – l'avait introduit dans une série d'incroyables aventures improvisées. L'idée d'une perception inattendue du monde vivant, parmi des gens différents, avait rassuré sa quête de vivre avec du bon sens.

Il avait fui afin de se lier à un monde meilleur.

*

    Germain, à peine atterri, les pieds sur le sol chaud et humide d'un monde nouveau dans un recoin de l'Amérique du Sud, s'était de suite embarqué dans un autobus à la carrosserie peu entretenue. Les couleurs étaient délavées, la peinture s'écaillait, et la rouille apparaissait sur les bords des tôles. Après plus de vingt années passées en métropole, il avait été surpris de constater que le véhicule, ici dans le nord-est de l'Amérique du Sud, était essentiellement occupé par des passagers de couleur noire. Tous descendants d'Africains, anciennement déracinés et déportés de force sur ce continent lointain outre-Atlantique. Tous, avait-il discerné alors, fruits des attitudes éhontées d'une société blanche outrancière et capitaliste, pour laquelle tout n'est que marchandise et source d'enrichissement. Tous, descendants d'attitudes qui, à cette époque si pieuse, avaient été pleinement soutenues par la miséricordieuse Église Catholique. Dans cet autobus, Germain comprenait qu'il n'avait pas encore sauté par-dessus le « mur », très haut, qui encadre et renferme sur lui-même le long « corridor », le monde clos de l'humanité moderne.
    À l'intérieur de cet autocar rustique, son trajet avait été coloré. Germain en était descendu à son terminus, enivré d'un perpétuel tintamarre de conversations animées. S'y étaient mêlés des rires rocambolesques, de fortes tapes sur les cuisses, et de comiques exclamations peu retenues. La fin du parcours s'était située au centre d'un village côtier, à l'embouchure d'un fleuve partie intégrante du grand bassin amazonien.

C'est en ce lieu que sa vie avait vite basculé comme si une série de hasards appropriés construisait le cheminement dont il rêvait. Germain découvrait à peine la chaleur des tropiques. Il la subissait par manque d'adaptation. La soif l'avait amené à s'accouder dans l'unique espace libre du comptoir d'un vieux bistrot, que la moiteur incessante et chaude du climat décrépissait sans relâche. Une vie nonchalante, animée par nombre d'habitués et de gens de passage, favorisait une ambiance chaleureuse, par laquelle l'enthousiasme de quelques joueurs attablés faisait claquer des dominos.

À sa demande, le patron lui avait servi une bière, industrielle mais glacée à souhait. Au moment où Germain avait élevé ce verre en direction de son gosier impatient, l'homme debout juste à sa droite, d'un geste sympathique leva lui aussi son propre verre à moitié vide. Un regard expressif avait accompagné son geste, invitant Germain à trinquer. Le jeune homme paraissait courtois. Il avait le visage rond et à peu près le même âge. Sa peau cuivrée et les yeux bridés ne laissaient aucun doute quant à son origine. S'était alors engagée une conversation familière, découvrant l'un et l'autre qui ils étaient. L'inespérée et curieuse coïncidence lui faisait déjà connaître Eleluwa. À la différence de Germain et de sa peau trop blanche pour ces tropiques, il était un Amérindien natif des environs. Il se détachait de la plupart des villageois qui ici exhibaient leur peau noire. Vêtu d'un simple pantalon mi-long mondialisé et d'un banal maillot de couleur claire, il devenait le premier Amérindien que Germain connut. Ceci, à peine vingt-quatre heures après avoir investi ce territoire, bien convivial selon sa première impression. Eleluwa était issu d'une ethnie Kali'na. Il s'était mis à l'ombre un instant, le temps de se désaltérer avant de retourner parmi sa tribu. Ni une ni deux, Germain était déjà convié à passer lui rendre visite quand il le souhaiterait. Tout excité, il se voyait enfin gravir le dernier ressaut de l'enceinte du « corridor ».

Le lendemain, sans plus attendre, il lui avait été gracieusement mis à disposition, sans autre choix, un vieux vélo poussiéreux sans selle. Il avait rehaussé le tube central d'un vêtement roulé en boule, et avait pris la sortie du village en direction de Yalimapo. Pour la toute première fois de sa vie de citadin occidental, il parcourait déjà quelques kilomètres d'une piste de terre rouge caractéristique de l'Amazonie rêvée. La piste poussiéreuse était surplombée d'un soleil cuisant et bordée de grands arbres aux feuillages denses d'apparence impénétrables. L'orée de cette forêt fermait l'accès d'une jungle tropicale encore fantasmagorique dans son esprit. Sous le couvert de l'exubérante végétation, toute une gamme de curieux chants d'oiseaux l'avait accompagné. Il lui avait fallu trois heures d'intenses pédalages et de sueurs poisseuses pour rejoindre les abords d'un village peu commun. Il s'était alors arrêté un instant. Le temps de s'imprégner et d'intégrer ce rêve fait réalité. Jusqu'à cet instant, Germain n'avait vu ce type de cahuttes que dans des films d'aventure, des documentaires, des revues d'explorations. Au bord d'un delta, une végétation de palétuviers, verte et touffue, cerclait des carbets gris éparpillés. Faits de végétaux asséchés, le soleil au zénith, ces habitations constellaient une étendue de sable blanc éblouissant, rappelant un tant soit peu des clichés oniriques des Caraïbes ou de Polynésie.

Sans l'avoir ni programmé ni vraiment réfléchi, pour sa grande joie Germain fut ensuite convié à y séjourner le temps qu'il le souhaiterait. L'endroit était composé d'une demi-douzaine de carbets rectangulaires, sous lesquels des hamacs suspendus brassaient l'air chaud. Les enfants joueurs, ou bien des adultes en conversation lorsqu'ils ne somnolaient pas dans une semi-sieste bercée, mettaient en mouvement ces couchages aériens. Un des toits de feuillages de palmier ne protégeait personne et l'on y installa Germain. Les autres habitations hébergeaient les membres d'une même grande famille, sauf un toit qui abritait une énorme poêle communautaire d'un diamètre jamais vu. Durant plusieurs mois, Germain assisterait, par cet ustensile, à l'élaboration, au feu de bois, du couac et des grandes galettes de cassave.

Au fil des jours, il intégra ainsi non seulement les bases d'une vie naturelle, mais aussi une philosophie nouvelle à ses yeux. Cela avait été sa première immersion dans un monde qu'il ne cesserait de côtoyer et d'apprivoiser durant les années suivantes.

Au fur et à mesure des errances, ses observations l'avaient propulsé dans les profondeurs d'une autre éducation, d'une autre interprétation de la Vie. Diverses expérimentations philosophiques peu communes viendraient à son actif, et bouleverseraient son entendement de l'espèce humaine.

Fin de séance du Yagé

Le breuvage, liquide brun sombre, est plus ou moins concentré selon les préparations et les volontés de chaque guérisseur. À peine la première gorgée passée, il faut contrôler la nausée qui monte en un instant ; sa forte teneur en tanins, sa saveur très amère le rend difficile et pénible à avaler.

Taitá Jënÿá l'emploie, en particulier, pour des raisons de santé physique ou d'ordre psychologique. Malgré sa puissance, le breuvage n'induit aucune accoutumance. Bien au contraire, il requiert chaque fois une profonde volonté pour y gouter à nouveau, tant son gout, peu supportable, rebute. Mais sans guide, sans le connaisseur, la substance pourrait laisser le néophyte se perdre à l'intérieur du labyrinthe de l'inconscient, sans jamais l'en sortir.

J'ai vu des guérisseurs amérindiens utiliser le Yagé afin de placer le patient dans une introspection pour pouvoir travailler son rapport comportemental à la famille, à la communauté, ou à la nature avec toute sa complexité. À des moments spécifiques dans la vie de la tribu, la communauté l'utilise aussi comme outil pour la prise de conscience des valeurs traditionnelles. Chez les autochtones, la transe induit un enseignement profond et transmet avec clarté des savoirs, des mythes ou des tabous. Grâce à la profonde introspection que facilite le Yagé, chacun peut considérer toute la responsabilité de ses actes en rapport avec l'indispensable : le respect envers tout – trésor d'un bien-être –, et l'implication dévouée dans la conservation de l'environnement sauvage pour que la Vie perdure.

*

Un des enfants est revenu s'installer tout proche de moi dans la pénombre. Il est assis en tailleur à même le sol. Sa tête ronde, chevelure courte, est relevée dans ma direction. Son regard est hébété. Les yeux grands ouverts, les pupilles dilatées il me fixe avec une curieuse invraisemblance. 'C'est que je dois avoir l'air étrange !'

Cela doit être ça : étrange ! J'ai bien l'impression que mon visage n'est plus le même.

L'instant suivant, quelques déformations extravagantes viennent métamorphoser ma face. Je perçois ma peau et des cartilages s'étirer sans difficulté, puis éprouve les amplitudes si faciles de leurs caprices. Le nez pousse, de plusieurs dizaines de centimètres. Il s'allonge dans une épatante souplesse, et se courbe latéralement à la limite de la confection d'un nœud. Des dents forcent la résistance de mes gencives réfractaires, puis l'obstacle de mes lèvres, et s'élèvent du côté opposé à l'enchevêtrement du nez. Je n'ose imaginer mon apparence monstrueuse. Les perceptions, très curieuses, presque amusantes, demeurent agréables. Je profite de ce moment déconcertant. J'ai toute ma conscience pour interpréter cela comme une hallucination sensitive. Pourtant, au fur et à mesure des minutes, ou peut-être ne serait-ce que des secondes, ressentant ces sensations de façon si réelles, le doute fait que je ne peux retenir ma main. Elle va recueillir des preuves tangibles et au final rassurantes.

Mes sensations physiques s'estompent et laissent place à d'autres. Je me laisse ainsi emporter par le flot de « diapositives ». À l'image d'un cours d'eau tortueux, chacune des courbes fait s'envoler mes imaginaires vers un nouvel autre monde.

Nouveau virage ! Nouvelles hallucinations. Des images cérébrales se succèdent et paraissent plutôt inquiétantes. Puissantes, elles s'épandent au plus profond de moi et pénètrent mes cellules placides. Ainsi plus convaincantes, elles évoquent et explicitent leur sens. Elles me montrent : le sale blanc que je suis. Celui venu s'immiscer chez des êtres authentiques remarquables : des indigènes Humains – humain non pas en tant qu'adjectif dans le sens égocentrique de l'humanisme, mais bien comme espèce naturelle et égale aux millions d'autres qui ensemble forment le Tout, la Vie terrienne. La notion de sale blanc constitue en moi une critique encore dénigrante, difficile à assimiler, même si j'avais pourtant admis ce fait-là depuis quelque temps déjà. J'ai néanmoins ma conscience pour réaliser que telle condamnation constitue le fruit de toutes nos attitudes préconçues dans les civilisations. Mes expériences et mes observations continues sur le terrain naturel des ethnies m'avaient fait accepter, peu à peu, l'idée de sale espèce que nous sommes, les supposés civilisés du monde moderne.

{— Henri ! Germain avait déjà vadrouillé cinq merveilleuses années pleines d'émotions. Il vivait l'aventure sur les chemins de ses envies. Il s'était ainsi retrouvé dans plusieurs secteurs de tout le vaste bassin amazonien, tout comme dans des lieux difficiles

d'accès des cordillères andines. Partout, il s'était octroyé le temps nécessaire pour partager la vie des peuplades authentiques. Il avait osé ces incursions-là pour vivre, comprendre et intégrer leur style de vie et leur philosophie. Il distingua alors leur mode de pensée, leurs règles strictes et leur irréprochable respect envers tout ce qui les entoure. Il avait su apprécier cette façon d'être, Humaine avec un grand H. Mais à l'opposé, il avait aussi observé beaucoup de citoyens trop tristement enfermés dans leur inclairvoyance. Ce genre d'individu ne voit dans les tribus que des formes de vie absurdes parce qu'il ne détient pas la connaissance appropriée pour considérer la réalité d'une vie cohérente. Germain était souvent consterné par les comportements et les préjugés de la majorité des blancs et des métis banals, de quelque statut social qu'ils soient. En divers territoires amérindiens, il observait ces gens incultes agir avec un irrespect des plus invraisemblables, sans une goutte de l'intelligence qui pourtant enorgueillit tout citoyen. Violents, voleurs, sans aucun scrupule envers les populations premières, ils infligent humiliations, actes racistes et meurtres. Ces horreurs, ils les commettent au quotidien. Germain en rougissait de honte. Cela intensifia son mépris pour le monde « civilisé » et son éducation. Il voyait bien que ces individus ne ressentaient aucune gêne quant à leurs conduites. Ils éprouvaient, bien au contraire, une fierté d'homme intelligent évolué, d'homme intelligent dévot. D'ailleurs, aucun État du monde, qu'il soit politique, militaire ou religieux ne réprouvait ces faits. Ils sont mondiaux, réguliers, et démontrent à quel point l'impérialisme des États inculque ces mentalités-là, de façon peu perceptible mais efficace. Il imprègne les consciences soumises et naïves au travers de la classique éducation nationale et des médias dociles.

Ces aventures prolongées lui avaient permis d'apprécier les deux côtés du « miroir » : la face qui reflète les belles apparences, et l'arrière, le côté sombre. Il en était arrivé à admettre comme il est juste que le monde indigène qualifie de sales individus les êtres des sociétés matérialistes. Parce que, tous les jours, la réalité lui démontrait à quel point nous agissons en colonisateurs sans états d'âme, en exterminateurs. Des viols sont commis, des spoliations, des profits sans aucune morale.

Les critiques sont graves Henri. Elles discréditent nos soi-disant valeurs de solidarité, de fraternité et d'humanisme qu'aime alléguer toute civilisation avec sa pseudoéthique. Mais ces reproches, issus de nos attitudes passées, persistent avec nos conduites aussi actuelles. De nos jours, elles restent tout aussi régulières et d'autant plus détestables. Il suffit d'ouvrir ses yeux et de débrider son esprit pour remarquer les comportements d'un monde moderne dénaturé. Celui-ci, aujourd'hui plus fallacieux, se montre plus avide de richesses indécentes. Et ses cupidités révèlent la folie éhontée et barbare du capitalisme et de la modernité.}**

Au plus haut de ma transe, ces dernières visions du sale blanc que je suis m'agressent. Elles attentent à mon égo. Elles s'évertuent à me faire réagir. En mon for intérieur je leur réponds pensivement avec ma volonté de connaître au mieux la façon de vivre des indigènes.
— Veux-tu ingérer une dose supplémentaire de Yagé ?
Taitá Jënÿá m'extirpe de mon autre monde.
— Non merci, je suis déjà dans un bien drôle d'état !
Mais il insiste fermement et met à profit un ton agressif :
— Tu dois en prendre encore, ENcore, ENCOre, ENCORE !
J'ouvre les yeux, je ne comprends pas. 'Que se passe-t-il ?'... Je le vois affreux, transformé. Ses traits sont tirés et sévères. Les yeux grands ouverts me fixent de toute leur

puissance, et ses pupilles effroyables, dilatées, percent mes rétines. Je le vois tel un sorcier, laid, méchant et tyrannique. Son apparence m'effraie. 'Pourquoi agit-il de la sorte ?' La peur au ventre je lui rétorque :
— Que faites-vous, que me voulez-vous ?
Je suis bouleversé. J'ai le sentiment d'être sous son emprise.

*

Une accalmie s'installe et soulage mon effroi. Taitá Jënÿá, le regard maintenant dans le vague, a incliné sa tête. Il rejoint son monde habité de drôles d'esprits. Certains s'avèrent bons, d'autres moins, mais tous sont indispensables à un équilibre essentiel. Parfois il s'immisce dans la peau de l'un d'eux. Bien souvent dans celle du jaguar, leste et silencieux, pour mieux appréhender ce qu'il recherche, pour mieux exercer quelques pouvoirs particuliers, ou pour utiliser des aptitudes spécifiques. Tantôt, dans celle d'un serpent, passe-partout, afin de se glisser furtivement entre deux mondes, ou bien alors dans celle d'un arbre empli d'une puissante énergie, ou d'une plante à vocation médicinale pour agir plus efficacement sur un patient bouleversé par le mauvais-œil.
Moi je replonge dans ma concentration et dans les abysses de mon subconscient.

Un malaise prend peu à peu possession de tout mon corps. Dans toutes les parties intérieures, une agaçante sensation incommodante exacerbe mon désir de tranquillité. Elle avait pris naissance au niveau de l'estomac, centre névralgique de ce corps imbibé d'alcaloïdes taquins, puis maintenant se répand comme un virus jusque dans les émotions. Le mal-être m'envahit. Les images deviennent à nouveau difficiles à supporter. Elles mettent en évidence, ou plutôt me jettent à la face mes propres défauts. Ce ne sont que des hallucinations, j'en suis conscient. Pourtant, je les ressens d'une telle puissance, et elles semblent si réelles, que les prenant comptant elles me mettent fort mal à l'aise. Une succession saccadée de flashs, de diapositives sans fin, choquent et provoquent mon for intérieur. Les visions me tiraillent de toutes parts, me cognent, me démoralisent. Elles demeurent douloureuses et insupportables. Je les découvre offensante, critiquant et dévoilant mon esprit individualiste, égoïste, dominateur. Des attributs inculqués dans nos belles sociétés si civilisées et que nous cultivons sans réelle conscience.

Le moment reste critique. Je m'emploie à quelques fortes expirations bruyantes. Comme pour chasser de mauvais esprits harceleurs, mais, en fait, pour chasser ces visions et en repousser d'autres qui m'assaillent sans discontinuer. C'est infernal ! Une idée s'ancre alors à mon esprit. Je sais que les guérisseurs possèdent des méthodes pour couper les effets hallucinogènes du Yagé. Je lui fais donc part de mon intention de tout arrêter.

Taitá Jënÿá est assis à côté de moi, recueilli, les mains à plat sur ses cuisses, la tête dans leur direction comme décrochée de la nuque, droite et élancée vers les astres. De sa bouche à peine entrouverte, quelques verbes fredonnés filent à voix basse. Ses yeux sont ouverts, avec le regard ailleurs, l'esprit disparu dans un monde animiste, celui de sa communauté. Il pérégrine à l'intérieur de cet univers modelé par des mythes inspirés de la nature.

Les mythes et les tabous semblent fantasques aux yeux de ceux qui ont l'esprit trop formaté, pourtant ils amènent des comportements intègres au travers d'obligations individuelles et sociales. Les indigènes se considérant comme une partie mécanique de la Vie sur Terre, leur système de pensée, complexe, est intimement lié au bien-être de leur environnement naturel. Ce bien-être se répand à la communauté elle-même, puis à l'individu ; un aboutissant recherché, un but primordial pour une vie qui ne devrait pas être autrement. Au travers des mythes et des tabous, qui peuvent être considérés comme leur constitution et leurs lois, ils atteignent ainsi le bénéfice salutaire.

Accablé par le choc des images, je le prie une nouvelle fois de bien vouloir stopper cette séance ; j'en ai assez. S'en suit un silence comme immuable...
Taitá Jënÿá se dresse enfin. Il s'empare du bouquet de feuilles sèches, puis avec vigueur l'agite de façon sonore en effleurant tout le pourtour de mon torse. S'en suit une incantation mystérieuse dans un langage d'un autre entendement, compréhensible aux seuls initiés maniant le lexique et les codes du monde des ancêtres et des esprits. Il me fait enfin souffler, d'une grande énergie, au cœur du bouquet, et d'un geste brusque dirigé vers l'extérieur, il envoie l'expiration « maladive » en dehors de l'habitation. Comme si, à l'intérieur des feuilles, elle se fut matérialisée en un mauvais esprit qui n'aurait rien à faire en moi.
Il se retire. Il m'abandonne, seul dans cette pièce sombre imprégnée d'une odeur âcre de fumées froides que le nombre d'années de cuisson au feu de bois intensifie.

Je m'évertue encore à batailler contre des visions dont je n'ai pas envie d'être témoin, et attends que Taitá Jënÿá fasse en sorte de freiner cette folie.

Il apparait avec une coupelle en terre cuite entre les mains. Me la tend l'air compatissant. Je la saisis, exprimant mon soulagement d'une légère expiration, puis avale son contenu d'un trait. Je présumais qu'il s'agissait d'eau acidifiée comme je l'avais déjà vu utiliser dans d'autres tribus. Mais le gout me surprenant, je scrute l'intérieur et aperçois quelques plantes infusées. Un doute s'empare alors de moi à propos des réelles intentions de mon guide yagécero.

Passé un moment pesant, je lui rappelle ma sensation de me sentir toujours aussi mal dans ma peau et dans ma tête, comme si j'étais un hurluberlu ne sachant où diriger son esprit. Je suis coléreux et fatigué. Plus ferme cette fois, je lui signifie que le malaise ne s'est pas dissipé, et lui profère avec ironie qu'il ne sait y faire.

Taitá Jënÿá m'indique alors, sur un ton calme, mais empreint d'une malice quelque peu espiègle, que les premières fois, ce que perçoivent les novices est leurs propres défauts.

— Il s'agit d'une étape à franchir, dit-il, une introspection importante, à ne pas fuir. Il faut au contraire observer ses défauts, les analyser, pour dans un premier temps comprendre leur raison d'être, puis peut-être dans un second temps travailler à les atténuer, au mieux à les faire disparaitre.

*

Le temps passe. Je comprends alors que l'infusion aromatique, vite ingérée, n'avait certainement pas eu pour objet l'interruption des effets psychotropiques du breuvage.

'Quelle en est la raison ? Quelle était donc cette tisane ? Que me veut Taitá Jënÿá ? Du mal ?' La peur me submerge ! 'Serait-il un sorcier maléfique ?' J'ai tout à coup un besoin obligé d'espace et d'air ; il est impératif que je sorte ! Je me lève. Titubant je me dirige vers l'extérieur. Devant le potager, sans avertissement, une force sortie de terre me plaque à elle, à genoux, contre mon gré. Je régurgite alors ce qui emplit mon estomac. Le Yagé a la particularité d'être aussi émétique que la vision d'un rat ébouriffé, le poil gras et les tripes à l'air. 'Que se passe-t-il, est-ce moi qui gueule de la sorte ?' Mes bruyants vomissements m'effraient tant que je ne peux croire qu'ils émanent de moi. J'ai le sentiment qu'ils sont les cris assourdissants d'un monstre en fureur.

Les hallucinations perdurent et se montrent à présent plus instructives. Elles se poursuivent en une succession infatigable et très rapide d'images expressives. Elles veulent me faire entendre que tout ce qui s'extrait de ma carcasse, y compris les gueulements, est mes mauvais côtés enfouis à l'aveugle par mon subconscient. Des travers enfouis, dissimulés depuis des années. Ils m'inhiberaient ainsi toute possibilité d'autocritique pour plutôt me revendiquer comme un être convenable, doté d'un esprit et d'une sensibilité supposés civilisés comme il est souhaitable dans les apparences, alors qu'au fond de moi j'étouffe ce côté barbare à surtout ne pas regarder. Il est pourtant là, sous-jacent, produit d'une éducation inappropriée et orientée.

Au cœur d'une transe profonde qui tente d'extirper de derrière des neurones cadenassés quelques moches réalités enfouies, je finis par m'assoir, à l'extérieur, dos à la maison d'adobe. Je découvre ainsi ma place, presque au ras du sol, dans une partie à peine concave au centre d'un large caillou de couleur claire, enveloppé par une nuit sans lune.

Mes yeux sont clos. Je fais face aux plantations. Je tente de calmer les sensations pénibles que ces violents vomissements ont engendrées. Je suis exténué, et n'ai même plus l'énergie, l'envie ?, d'essuyer ma bouche baveuse et mes narines dégoulinantes de morve. Je sens bien être réduit à l'état de porc. Quelle déchéance ! À ce moment, cela n'a aucune importance, j'accepte ce que je représente : l'homme des civilisations.

*

Les fortes expirations incontrôlables, ainsi que les tremblements qui parfois ont secoué tout mon être, se sont évanouies. Une profonde quiétude intérieure reprend alors le contrôle de mes sens, et la sérénité imprègne à nouveau mes molécules. Alors que mes paupières ferment une éventuelle évasion de l'esprit... oh surprise ! Assis sur mon caillou face aux plantations, je vois ce qui se déroule derrière mon dos. Comme si tout à coup mes yeux s'étaient dédoublés et en partie déplacés à l'arrière du crâne, face à la maison d'adobe, transformant mon genre humain en celui d'un bien étrange insecte à quatre yeux, immobile et observateur attentif. Les années ont fané la chaux blanche sur sa façade. D'une grande netteté, je peux voir sous l'avancée du toit, à la lueur d'une étincelante pleine lune, le grand aigle desséché, empoussiéré par le temps qui flue. Ses grandes ailes sont déployées, grossièrement clouées au mur. Elles sonnent comme une mise en garde à ceux qui voudraient enfreindre les pouvoirs « surnaturels » de son hôte.

Toute la famille a rejoint Taitá Jënÿá et Tsjuanoca. Je les vois tous : les frères, les neveux face à moi. En fait derrière moi. Ils se sont placés en arc de cercle à l'entrée de la maisonnette de pisé. Ils m'observent. Ils m'épient. Ils sont vêtus de longues blouses blanches déboutonnées. Leurs mains sont plongées dans les poches larges, et ils commentent, s'entretiennent dans leur langue pourtant incompréhensible d'ordinaire, au sujet des effets des plantes sur le cobaye blanc que je suis. Je les entends tous, d'une ouïe féline, discuter avec des airs et des comportements de scientifiques. Ils n'imaginent pas que je les observe aussi. Je suis persuadé que l'infusion vite avalée était une drogue dont ils étudient maintenant les incidences sur ma personne.

Je suis effrayé, pourtant je ne suis pas révolté. 'Bien fait pour ma pomme ; je n'avais pas à me mêler de la vie de ces êtres ; ils aspirent à vivre en paix.'

— Vous feriez mieux de vous intéresser à vos propres problèmes dans vos sociétés civilisées si imparfaites !, avais-je déjà entendu dire, de la part de dirigeants indigènes, aux ethnologues et aux associations extérieures qui soutenaient pourtant leur cause.

Je ne souhaite plus quitter ce large caillou protecteur. Je m'y sens en sécurité, hors de tout danger extérieur. Il me semble inatteignable comme si sur son pourtour rayonnait un rideau d'ondes invisibles et infranchissables.

À plusieurs occasions, Taitá Jënÿá s'approche de moi. Il me propose parfois une nouvelle coupelle de plantes infusées. Mais je la refuse avec ferveur. Il tente alors d'utiliser la braise d'un odorant morceau d'encens naturel. En soufflant dessus, il le force à se consumer dans d'opaques et volumineuses volutes. L'épaisse fumée aromatique enveloppe mon corps, et il poursuit son rituel. Il agite le bouquet de feuilles sèches et chantonne dans une langue incompréhensible. Je n'ose le regarder de mes yeux. Je crains de revoir le sorcier. Je repousse ses avances, persuadé de ses mauvaises intentions, et poursuis mon voyage intérieur au travers de méandres improbables.

Un autre univers ! Celui-ci agréable. Les visions accaparent tout mon esprit vaporeux à un point où je n'ai plus conscience de la réalité. En tous les cas je n'y prête plus attention. Je vis un autre monde. C'est l'insinuation de Taitá Jënÿá, susurrée à l'oreille sur un ton calme et serein, qui avait engendré ce changement-là : « voilà ce que beaucoup de gens recherchent : le savoir ». Les images se succèdent à la manière d'un diaporama accéléré. Elles parlent d'elles même. Non pas dans mes oreilles ou dans mon esprit, mais dans tout mon être, mes tripes, mes veines, mes organes. Des plantes sylvestres paradent dans ma tête, les unes après les autres, personnifiées. Chacune me signifie sa propre utilité, sa spécificité pour telle maladie ou tel problème.

Les hallucinations fluent et s'incorporent à moi, douces et onctueuses. Elles me font entendre le sens profond du mot « savoir » : une accumulation de connaissances transmises, d'expériences vécues, de faits, d'études, acquis par son propre vécu, dans l'analyse et la confrontation objective jusqu'à s'imprégner de leur bon sens.

Le sens profond du mot « intelligence » : l'utilisation de son esprit intellectuel, donc la réflexion, où s'en servir avec intelligence serait savoir analyser, et réfléchir ses propres pensées, ses propres actes à venir, de manière objective jusqu'à les doter de bon sens en faisant toujours prévaloir le respect envers la Terre en vie et ce qui pérennise la Vie : l'irremplaçable diversité biologique. Analyses et réflexions, faites dans une vision vitale à très long terme.

Et puis enfin le sens profond de la sagesse, qu'en somme trop peu d'individus dans le monde artificiel possèdent : elle serait le résultat de ce qui découle de la subliminale et harmonieuse union de l'intelligence et du savoir.

'Déjà, faudrait-il être pourvu de ces deux-là !'

*

Mon ivresse perd peu à peu de son intensité décapante. Quelle délivrance ! J'imagine la fin de la séance proche. Mais mon guide yagécero, qui ne se couchera pas si tôt, intervient : « Il fait froid n'est-ce pas ? ».

Cette allusion déclenche en moi un nouvel envol éthylique d'une puissance phénoménale, de plusieurs G, vers les insondables cavernes de mon esprit et de tout mon être. Mon crâne en est secoué. Il s'en trouve traversé comme par de puissantes ondes semi-solides qui se frictionnent avec mon os frontal. S'ensuit, à l'égal d'un toboggan, une descente vertigineuse au centre d'un boyau blanc et sinueux. Sur sa paroi translucide et lumineuse défilent en relief des pictogrammes emblématiques des cultures indigènes, d'un blanc vif et étincelant. Tout d'abord inquiet, je m'enfonce. Puis, placide, je descends…, descends…

…
— Comment te sens-tu Germain ?
…
— Germain !
…

— Germain ?
...
— Reviens Germain !
... (Sa voix, lointaine, calme, sereine, m'interpelle)
...
— Réponds-moi Germain !
... (J'entends Taitá Jënÿá, loin, très loin tout au-dessus.)
...
— Remonte me dire comment ça va Germain !
... (Je comprends que je dois lui répondre... je me force... mais ça ne sort pas)
— Germain !
... (Une forte empathie envers Taitá Jënÿá me pousse à tenter de dire quelques mots, à revenir)
— Germain !
... (Je me fais violence... je voudrais sortir les mots, le rassurer... Je dois refaire surface... J'ai besoin de revenir à la réalité...)
— Ça va Taitá, je me sens bien !

J'ouvre les yeux. Ce que je discerne me confirme un état cérébral fantasque. Tout autour de moi, dans toute l'atmosphère, dans tout l'air sombre qui m'entoure, s'illuminent, par milliers, de minuscules éclairs blancs, fins et bien ciselés. Pourtant je perçois aussi le ciel dégagé et très étoilé.

Les minutes, ou les heures ?, s'écoulent, et ma peur sur les intentions de mes hôtes s'amenuise. Pour autant, je n'ai pas l'intention de quitter mon caillou. Il est mon compagnon, mon garde du corps. Je m'y sens en complète sécurité.

Par moments, Tsjuanoca s'approche et s'enquiert de mon état.

Taitá Jënÿá va et vient.
— Comment vas-tu ?
— Très fatigué, lui dis-je.
En effet, j'en ai assez. Je voudrais pouvoir m'allonger un instant, et dormir. Oui, dormir, et ne plus avoir conscience des rêves ! J'ai perdu la notion du temps. Je ne sais pas si une longue heure ou bien six petites se sont écoulées depuis la prise du puissant breuvage peu après la tombée de la nuit. Mais j'ai l'intuition qu'un long moment a déjà passé, tant j'ai visionné de choses, comme des milliers de pages affolées d'une vaste encyclopédie illustrée. Une quantité d'images fortes ont défilé à mes yeux. Elles se sont propagées au plus profond de mon être et m'ont fait témoigner de quelques évidences inattendues.

Taitá Jënÿá, usant cette fois-ci de sa délicatesse, m'avise chuchotant à nouveau dans l'oreille :
— Nous allons voir une dernière chose !

Il s'accroupit un instant, au sol, face à moi ancré à mon caillou. Les paupières aveugles, il rentre alors dans une concentration intense, quelques secondes, le temps de m'expédier une fois de plus, va donc savoir comment, à l'intérieur d'une nouvelle dimension. Nouveau choc à hauteur du crâne. Avec la même curieuse sensation qu'un gros paquet de puissantes ondes semi-solides percute et traverse le front de plein fouet. Réapparait un lointain et continu bourdonnement au plus profond de mes tympans. Signe de mon entrée dans un nouvel état de transe et d'un prochain plongeon dans des abysses inconnus de mon esprit. Une envolée de l'ivresse me projette alors dans un insondable puits carré, sans fond. Les parois puissamment teintées d'un orange chaleureux illuminent la descente. Tortueuse et ludique, la chute me conduit à vive allure vers des profondeurs énigmatiques, puis me glisse cette fois-ci dans… l'infini !

Léger comme une fibre de coton suspendue dans un océan de douceur, je vogue, placide, dans l'immensité de l'espace sombre. Une quantité incalculable d'étoiles l'éclaire malgré tout. À moins qu'elles n'éclairent une certaine clairvoyance ? Elles sont dispersées à perte de vue, tout autour de moi. Je contemple, j'admire. Enveloppé d'une matière avenante, je baigne dans cette douce immensité.

Ces nouvelles visions bien explicites s'expriment avec éloquence. Leurs significations pénètrent tout mon intérieur. Comme du beurre fondu dans une mie spongieuse, l'évidence imprègne tout mon être sans même nécessiter la volonté de comprendre ni même d'accepter. L'axiome s'incorpore dans chacun de mes pores ouverts à l'entendement, dans chacun de mes organes libérés de toute tension, dans chacune de mes molécules conceptrices. C'est toute l'immensité du savoir lumineux qui se montre à moi. Il y aura toujours à connaître. Chaque étoile est une connaissance particulière. Une vie ne suffira jamais à les explorer toutes. Mais des moyens comme le Yagé permettent l'accès à une grande quantité d'entre-elles, dans un bref laps de temps.

Le Yagé est un outil naturel, initiant la communauté indigène aux mythes, aux savoirs, aux lois naturelles, aux coutumes. Il consolide ainsi la cohésion du peuple au sein de son environnement, au sein de sa culture. Il permet aussi de rétablir en chacun l'harmonie porteuse du bien-être.

— Ça y est, c'est terminé, dit-elle.

Tsjuanoca, une bougie allumée à la main, le visage marqué par la fatigue d'une trop longue journée, me sort de l'emprise des visions. J'ouvre les yeux. J'examine l'alentour. À première vue... tout parait normal. Je n'ose tout de même quitter mon caillou. D'après ce que je continue à percevoir, il protège toujours ma vulnérabilité.

Tsjuanoca s'en doute. Elle prend alors un ton doux, serein et on ne peut plus affectueux. Elle m'emmaillote ainsi de ses paroles imprégnées d'une tendresse particulière et chaleureuse. S'adressant à tous mes sens en alerte, elle formule des mots parfumés de respect, d'amitié et de sincérité. Sa délicatesse et son attention toutes aussi précautionneuses, elle s'emploie à me délivrer de la peur et la méfiance dans lesquelles son mari m'a plongé durant cette séance si folle. Avec ces bons sentiments hors du commun, elle m'inspire une telle immensité de douceur et de respect qu'elle me convainc d'abandonner le large caillou. Le moment est enfin venu de retrouver ma natte et me reposer avant l'aube. Dès lors, tous mes soupçons au sujet de leurs mauvaises intentions à mon égard s'évanouissent en un instant.

Debout, je me sens épuisé.
— Il est tard, me signale Tsjuanoca !
Avec toujours autant de belle douceur dans sa voix, elle s'enquiert de mon état ; si le « voyage » n'a pas été trop dur. La famille entière s'inquiétait à mon sujet. Il est bientôt trois heures du matin.

Arrive Taitá Jënÿá. Trop las, il s'était couché un instant.
— Comment vas-tu l'étranger ?
Je cherche en moi des mots qui pourraient exprimer tout ce que je ressens.

— Incroyable ! Dément ! Comment est-ce possible ? Quelle folie ! Fabuleux !
Un sourire malicieux naissait entre ses lèvres.
— Le breuvage a été bien préparé n'est-ce pas ?
— Oh oui, et je l'avoue, vous êtes très fort !
— Je travaille bien !
Son clin d'œil affirmait la réalité.
Tsjuanoca me rappelle la principale leçon de la séance :
— Toi l'étranger, n'aie confiance en personne ; les êtres du genre humain ne sont pas tous Humains !

Je me couche sur une natte végétale à même le sol. Je me sens affaibli. Tsjuanoca me recouvre d'un épais poncho traditionnel.

Me remémorant la puissance de l'évènement vécu cette nuit, je ne peux m'endormir. Un chaos psychologique ébranle mon être. Mon esprit est assailli d'un flot de pensées qui s'entremêlent, s'entrechoquent, et secouent le bonhomme cartésien que je suis. Je me sens bien petit face à l'incroyable monde que manient les indigènes encore en possession de leurs savoirs traditionnels.

Je prends alors conscience que, lors de ma jeunesse, ma personnalité avait été forgée au sein d'une forêt de béton et de bitume. Les « murs », les « toits » et les « cloisonnements » m'avaient été inculqués très tôt, avec ténacité, par les lois de la réussite personnelle, de la compétition, puis par l'idée du profit et du rendement que l'on doit assurer ; « valeurs » imprégnées par les « broyeurs » de nos écoles et des grands médias, par « l'astigmatisme » de beaucoup de familles.

À l'opposé, durant mon long périple, j'ai pu considérer un bel idéal de vie. Je l'ai vu s'appliquer au sein des ethnies sauvages – si peu évoluées soient-elles comme aiment alléguer les humains modernes (pas si Humains que cela en fin de compte) –, depuis la moitié nord de l'Amérique du Sud jusqu'au Mexique. Ces populations, elles, remettent en question notre manière de vire et notre affreuse vision de la vie.

{— Vois-tu Henri ? Au contraire de l'image qu'en dépeignent les esprits clos, Germain découvre ces Amérindiens naturels très ouverts au monde vivant, protecteurs de ce qui les fait vivre. À l'opposé de « développés », eux se disent « enfants de Terre-Mère ». Ils sont évolués dans leur philosophie et possèdent une conscience exemplaire de la logique universelle. Alors que leur culture, essentielle à une vie saine, apporte un bien-vivre logique, ces quelques groupes encore en vie aujourd'hui voient leur culture se délier et fondre. Un déficit tragique, tout particulièrement dû à l'humanisme cynique de chacun des gouvernements de la planète – religieux, militaire ou policier, politiques ou économico-financiers – dont tous les concitoyens sommes complices malgré nous. Tous les êtres développés que nous sommes, nous nous qualifions de civilisés instruits ; pourtant, derrière ces bonnes

apparences qui déguisent notre double face nous agissons sans belle conscience et avec une ruse impitoyable, en silence de par le monde.
— Henri, le chemin de ses errances avait amené Germain à partager de beaux moments de vie dans diverses ethnies. Il avait ainsi eu l'occasion d'observer à quel point le Yagé contribue au nécessaire bien-être de chaque individu, et ainsi à celui de l'ensemble de la tribu. Il agit à l'intérieur de la conscience, et permet d'ancrer les attitudes vertueuses avec une profonde analyse de la globalité des existences. Ces enseignements permettent que le mode de vie des Amérindiens s'harmonise avec tout le vivant alentour. Pour eux, les mythes apparaissent comme des concepts tangibles au quotidien. Ils rationalisent leurs conduites selon les tabous rigoureux en vigueur. Durant ses années d'initiation, Germain avait ainsi eu le privilège d'interpréter ces rituels. Pour la communauté, le Yagé se conçoit comme un vecteur principal de la vie. Il accrédite le lien entre chaque comportement et tout individu maillon d'une nature exceptionnelle : animal, végétal, solide ou liquide, réel et magique. Ce breuvage constitue le rouage d'une harmonie existentielle à l'intérieur d'un tout complexe.}

*

{Après quelques années d'itinérances florissantes, Germain se trouvait donc dans l'avion, de retour vers ses racines originelles, l'éloignant à près de mille kilomètres-heure de sa vie exaltante. Une paire d'heures de vol l'avait tout d'abord maintenu au-dessus du vert continent sud-américain, puis neuf autres le suspendraient entre stratosphère et immensité liquide de l'Atlantique. Il se sentait anxieux et satisfait de pouvoir bientôt retrouver toute sa famille. Pourtant, la tristesse de quitter sa vie heureuse dans un monde logique dont il avait découvert l'existence le faisait se sentir mal à l'aise. Une nostalgie le gagnait déjà. Celle d'un système de vie qui, dans tout son être, lui convenait sans aucun doute. À ses yeux, il s'agissait d'une philosophie Humaine avec un grand H, bien plus qu'humaniste.

Le repas fut vite avalé. Comme pour reculer l'instant où il devrait rentrer de plein fouet dans le monde turbulent qui l'attendait, il plongea une nouvelle fois dans ses rêveries, réinterprétant d'autres épisodes notables de ses périples. Il s'était pour cela installé bien au fond de son siège inconfortable, un cache-lumière obstruant ses paupières. En se remémorant des années d'aventures humaines, Germain refaisait ainsi le cours de sa vie de bohème pour déceler tout ce qui avait fait évoluer son intellect. Une série de périples hors du « corridor » avait façonné, retravaillé, sa vision du genre humain.}

Le monde de Konoto

Au cœur de la forêt tropicale, sous une chaleur humide relaxante, et entouré de myriades d'insectes frénétiques, j'accompagne Konoto. Il serpente entre les arbres, au milieu d'une gigantesque puissance végétale prise de croissances folles. En deux temps trois mouvements il confectionne deux corbeilles tressées éphémères. Elles sont profondes et de la largeur des épaules. Il a pris soin de choisir les feuillages appropriés afin de leur faire supporter un poids conséquent. De longues bandes d'écorces souples, tout juste détachées d'un ample tronc, servent de lanières. L'un de ces paniers est à porter sur le dos et les épaules de l'Occidental que je suis. Nous le remplissons de petits gibiers à plumes et à poils. Konoto les a chassés dans le silence de ses pas félins et avec des flèches enduites de curare, ce fameux puissant venin naturel n'altérant en rien la viande à consumer. L'autre sac, il le confectionne comme à l'accoutumée, de sorte qu'il le soutienne en appui sur le front. Nous le remplissons. Près de vingt kilos de divers gros poissons s'y amoncellent. Il les a sortis de l'eau sans aucune canne, à l'aide d'un simple fil de nylon attaché à un doigt pour sentir l'instant où le poisson mord à l'appât : un congénère plus petit, attrapé plus tôt, à la main dans un creux de rocher.

Malgré le chargement, notre marche est rapide. Le vacarme des grenouilles et crapauds résonne dans toute la forêt et annonce la prompte tombée de la nuit. La jungle s'anime. Les nocturnes, en appétit, sortent de leur cache, tandis que les diurnes se tapissent rassasiés.

Quelques semaines auparavant, un piroguier Saramaca, transporteur de marchandises, m'avait débarqué là, à l'improviste. Il m'avait laissé à mon sort aux abords d'un regroupement de quelques carbets indigènes, disposés en un rectangle sur un large replat formé comme un talus deux mètres au-dessus du niveau du fleuve. Le représentant de la tribu m'avait reçu l'air curieux, mais surtout soucieux de l'arrivée d'un blanc. Moi, en revanche, à la seule idée de pouvoir côtoyer un instant cette population, des sentiments de plénitude et de bonheur m'avaient envahi. Pour arriver jusque là, j'avais embarqué, pour cinq journées de navigations difficiles, une très longue pirogue alourdie de caisses et de matériaux. À plusieurs endroits sur l'affluent de l'Amazone, il avait fallu surmonter les embuches. Le franchissement des rapides assourdissants nous avait parfois obligés à nous mettre à l'eau pour pousser l'embarcation de la puissance de tous nos muscles, les doigts de pieds agrippant ce qu'ils pouvaient au milieu de galets aussi glissants que la glace vive.

Après plusieurs semaines à me modeler aux us et coutumes de cette ethnie, j'acquis un minimum de leur confiance nécessaire à une relation saine. J'avais partagé leurs tâches quotidiennes, nous avions dialogué par langage mimique, ils avaient ri de mes maladresses symptomatiques d'un citadin, et je m'étais nourri de leurs mets.

Konoto apprécie ma présence, pour mon gout des traditions et de tout ce qui concerne la biodiversité. Ses deux garçons se sentant essentiellement attirés et excités par les villes – pour eux, des cités magiques emplies de trésors à portée de main – il aurait aimé que je sois le fils dont il rêvait. Ainsi, il m'emmène lors de ses incursions en forêt, m'enseignant l'art de faire son marché en pleine nature. Il n'est plus vraiment jeune. Son cuir légèrement fripé atteste le nombre de saisons qu'il porte en lui. Grand, longiligne, la peau de son torse collée aux os et aux muscles, il est vigoureux et vif. Il se déplace avec une aisance exceptionnelle dans un silence dompté, tant au niveau du sol comme jusqu'à la cime des grands arbres. Tel un félin aux aguets, ses cinq sens entrent en alerte dès qu'il pénètre le sous-bois. Son œil perçant, son ouïe fine, son odorat développé lui permettent de traquer tout indice orienteur. Ses pas silencieux et ses mouvements souples le rendent peu perceptible. Il est vraiment fils de mère Nature. Raison pour laquelle il la respecte autant. Presque nu, son corps entier est à l'affut de tout indice visuel et olfactif. Une substance rouge, extraite de la graine du rocouyer, recouvre sa peau libre. Ce masque corporel le protège des agressions du soleil et des moustiques. Moi, en revanche, j'ai l'impression d'être la cible de tout ce qui pique, mordille et brûle. De plus, il y a trop peu de temps que je me suis inséré dans la jungle, et je n'y suis donc pas adapté comme il est nécessaire. Mes yeux ont encore du mal à anticiper les racines croche-pattes ; elles se dissimulent à fleur de sol sous le tapis sombre de végétaux en décomposition, et me font parfois m'étaler de tout mon poids.

Pas encore assez habile, je suis Konoto un peu à la traine. L'odeur fraiche et subtile des gros poissons d'eau douce qu'il transporte me sert de fil d'Ariane pour ne pas me perdre dans une telle immensité végétale. Sous le haut sous-bois, vaste comme une gigantesque caverne, le moindre bruit résonne à des kilomètres à la ronde. Je les suspecte tous. Même le bruit lointain de la pluie, à la manière d'une grande vague océanique s'approchant à vive allure, me laisse inquiet quelques instants. Les résonnances du vacarme rauque des singes hurleurs me hérissent les poils. Parfois, un grondement lourd fait penser à un impact de foudre alors qu'il s'agit d'un grand arbre, qui pour boucler le cercle de la vie, à l'improviste, retourne à la terre dans un fracas énorme.

À l'intérieur de chaussures et de bottes, la plante de mes pieds avait fini par se dégrader puis se putréfier dans la forte humidité de la jungle. Je me déplace dorénavant à la façon des Amérindiens, pieds nus, et apprends à marcher naturellement. Cela m'oblige à prêter une attention toute particulière à l'environnement. Je prends ainsi le soin d'éviter la base des arbres et arbustes perdant leurs longues épines pénétrantes. Attentif, j'évite aussi parfois l'emplacement d'un serpent durant sa digestion, immobile et audacieux en travers d'un layon à profiter d'un opportun rayon de soleil transperçant la canopée.

Réapprendre à marcher pieds nus sur d'odorants tapis d'humus m'apporte une rare et délicieuse satisfaction peu ordinaire. Les effluves, de terreau humide champignonné, fermenté, de végétaux en perpétuelle décomposition, titillent en moi un réel plaisir olfactif. L'effet enchanteur se bonifie avec la vue et l'écoute de la vie alentour. Puis arrive cette sensation inopinée de reprendre le contact charnel et émotionnel avec son essence. La plante du pied appuie la superficie du tapis moelleux, capte son énergie fraiche et humide, crée un réseau colporteur qui remonte tout l'intérieur du corps jusqu'au cerveau. Le pied s'enfonce dans le substrat, s'enveloppe la moitié inférieure de cette matière noire presque grasse au parfum puissant et chaud. Une connexion profondément terrienne se propage alors, et une agitation chimique jaillit dans le cortex. Ainsi éclatent d'innombrables minuscules « bulles » sensorielles, donnant lieu à un agréable apaisement dans les profondeurs de mon être. Avec le temps et l'apprentissage, la sensation deviendra un bonheur à m'en droguer. Cette adaptation naturelle, presque envoûtante, me permet de m'imprégner de toute la force du milieu, des éléments, et de les ressentir au plus profond de moi. Elle légitime ainsi mon harmonie avec Terre-Mère et tout ce par quoi elle est constituée, me transformant au point de m'apporter une étonnante énergie que je ne soupçonnais pas.

Notre arrivée au village fait saliver les papilles de toute la petite communauté. Ils sont une douzaine de familles, d'individus bien portants, et font leur vie de la meilleure des manières.
Konoto est considéré chef de la tribu. Il remplace son père décédé de vieillesse il y a peu, personne ne sait à quel âge. Lorsqu'il mourut, Konoto perpétuait déjà la fonction. Il l'avait commencée aux côtés de son vieux père alors que sa santé commençait à faillir. Les membres de la tribu avaient accepté cette transition. Ils connaissaient l'efficacité de leur nouveau représentant ainsi que son respect profond et réel pour les « fils de la Terre » et pour leur Mère porteuse de vie.
« Chef », ce qualificatif, imposé par les Occidentaux intéressés de charger la responsabilité de tout un groupe sur une seule personne, permet de soumettre plus aisément toute la tribu à de profitables souhaits colonisateurs. Pourtant, dans la vie de la tribu, cette attribution ne correspond pas à la réalité. Contrairement à ceux de nos villes, régions ou pays, le rôle de ce dénommé « chef » n'est pas de diriger, d'imposer, ni de s'approprier. Il consiste plutôt à conseiller, à orienter. Ses intérêts sont le prestige, et l'aide

qu'il sait fournir. Ni le pouvoir ni l'enrichissement ne sont de mise. Ici, à l'intérieur d'une petite communauté en milieu naturel, loin des maîtres profiteurs et de leurs empires, personne n'aspire à ces choses si peu utiles. Tous favorisent la consolidation de leur peuple, sa cohésion avec l'environnement, et l'énergie d'un bien-vivre que cela procure.

En ces lieux qui les reçoivent depuis des millénaires, les conseillers de tribu sont des sages altruistes. Ils demeurent les plus démunis de tous les membres. Tout ce qu'ils perçoivent de l'extérieur de la communauté, parfois en échange de services, est redistribué entre tous les leurs de manière spontanée. Ainsi, le marché de notre sortie en forêt, reçu de l'antre d'une nature bienfaitrice, est partagé entre tous ; deux poissons pour telle famille, un gros oiseau pour telle autre. Il conserve pour lui et sa famille le singe ainsi que quelques œufs d'iguane. Moi je dépèce un agouti qui agrémentera plusieurs de mes repas.

Éreinté par cette longue et magnifique journée quelque peu physique, à louvoyer dans une folie végétale, à courir après les gibiers blessés à mort, à escalader puis désescalader les grands arbres pour récupérer un volatile abattu, je m'écroule avec enthousiasme au fond du hamac. J'avais auparavant pris le soin de l'abriter d'une fine moustiquaire qui l'enveloppe de toutes parts. À travers cette barrière installée avec une remarquable précaution tactique, ce soir-là, de l'autre côté du tulle, la mélodie menaçante des femelles moustiques m'enivre, me berce et m'endort.

Mon profond sommeil ne dure guère. Une complainte chantonnée sur une mélopée lancinante, émouvante comme un léger pleur immuable et désespéré, me tient éveillé jusqu'à l'aube. La mère de Konoto, toute la nuit, a honoré son mari décédé il y a deux saisons sèches de cela. Le rythme lent et saccadé de son triste chant me rappelle ceux entendus dans les films d'indiens. Ces westerns qui, gamin, m'avaient hypnotisé devant l'écran.

Le lendemain, personne ne se plaint de n'avoir pu dormir.

{— En fait, Henri, ces humains-là entretiennent une vie bien édifiée ! Les codes, les tabous, règlementent les conduites correctes à tenir, structurent la vie de ces individus. Ces règles sont le corps de leurs législations, les lois de leur communauté. Les mythes, eux, explicitent leur constitution orale et orientent les comportements à suivre – ces chartes évoluent au travers du temps selon les nécessités vitales de chaque époque. Leurs garants sont le responsable spirituel et le conseiller. Ils inculquent leur savoir ancestral mis à jour, au travers de rites, d'histoires orales et de cérémonies. En se mêlant à leur vie quotidienne, Germain comprenait la fonction de chacun de ces principes fondamentaux. Par sa connaissance spirituelle, philosophique, sociale, naturelle et culturelle, acquise, complétée et modifiée de génération en génération, le guérisseur oriente

pour tout évènement à venir. Il fait aussi office de médiateur lors de litiges ou irrespect des codes et des tabous. Il est un sage, un homme de connaissance. Leur constitution et leurs lois évoluent sans cesse selon chaque fait de la vie quotidienne, et sont donc à la pointe de leur temps. Ces populations évoluent ainsi naturellement au fil des âges et des circonstances. Elles demeurent assurément contemporaines, vivent une vie bien organisée, bien structurée. Leur existence est bâtie de façon on ne peut plus intelligente, sur une base respectueuse. Il est indéniable, Henri, que nos civilisations ont perdu ce magnifique attribut-là. S'en inspirer devrait pourtant constituer une nécessité pour retrouver la logique du monde avec tous les vivants, non ?

— Je comprends ta position Sophie, mais où veux-tu en venir ?

— Écoute la suite ! Germain, toujours dans l'avion, à son idée !}

 # Sa réflexion

'On ne stoppe pas un train sans frein lancé à toute vitesse, qui plus est bondé, sans provoquer des dégâts humains considérables'. Germain songeait à cela à l'instant où, malgré la ceinture verrouillée, un trou d'air leur fit décoller du siège. Les hôtesses de l'air, prises au dépourvu, furent contraintes d'aller constater la dureté du plafond bas, avant de retomber sur leurs talons larges et leurs mains au sol. Elles restèrent accroupies un instant, le temps que s'estompent des perturbations quelque peu capricieuses. Puis elles reprirent leur labeur, avec élégance, comme si de rien n'était. 'C'est une certitude, le monde avance, allons donc de l'avant ! Aucune marche arrière n'est possible même si nos nostalgies y aspirent'. Germain déduisait cela, louvoyant dans les sinuosités aventurières de ses pensées.

Il visualisait l'espèce humaine moderne passagère de ce « train-là », encoffrée dans un convoi sans plus aucune locomotive pour le contrôler. Et une société myope guidant, de ses propres « rails », ce transport de l'espace-temps vers un choc frontal qui laissera toute le monde sur le carreau.

Il percevait aussi l'autre « train », celui de la Vie, avec pour voyageurs un méli-mélo de toutes les espèces sauvages ; et pour lui, en revanche, une locomotive : la sélection naturelle qui l'aiguille sur la seule voie logique, celle d'un élan universel installé depuis la nuit des temps, depuis le bigbang.

Dans le flot de son imagination, Germain tentait de déceler le feuilleton qui aurait pu amener Sapiens à scinder le « train » universel en deux segments, pour dans l'un d'eux s'écarter de la logique instinctive. Il visualisait ainsi des humains du néolithique, encore tribaux, inhérents à la nature, devenir calculateurs, ambitieux, rusés, et décrocher une partie arrière du convoi universel. Suite à cette cassure venue de « l'homme », la nouvelle lignée humaine déroula alors ses premiers « rails » vers une autre orientation, vers un style de vie dénaturé. Elle bâtit son monde, sa bulle, en opposition au naturel, avec comme résultat l'installation des cités, et tout ce qu'elles impliquent aujourd'hui. Germain pouvait percevoir à quel point, ensuite, le développement régulier du matérialisme, des évolutions techniques, alourdirent davantage le nouveau « convoi », accélérant sa course en avant dans une pente artificielle. L'égoïsme naquit au travers des intérêts individuels, et conceptualisa tout un monde soumis au seul bénéfice de cette nouvelle lignée humaine. Ainsi, de toute son intention, l'humanité moderniste s'écartait de la voie universelle, sans regarder derrière, ni à côté, ni devant non plus, la tête baissée à ne profiter et se préoccuper que de l'instant présent, et à se glorifier de sa différence grandissante des autres espèces vivantes.

Selon la représentation que s'en faisait Germain, le « train », sans freins, dévalait sa pente sur sa voie incongrue. Au fur et à mesure de chacune des inventions des passagers, les progrès qui en résultaient accentuaient davantage la pente, augmentant le risque final d'un choc épouvantable. L'avancée matérielle, incrémentée par l'industrie, accélérait ainsi les « wagons » vers des civilisations ultras dépendantes d'un mode de vie incohérent. Aujourd'hui, comprenait-il, l'humanité évoluée, alourdie du poids de la finance, des progrès technologiques, scientifiques et industriels, se trouve dans l'incapacité de faire marche arrière et de remonter une pente bien trop raide. Les yeux myopes rivés sur leur seul présent, les civilisations s'impliquent dans une évolution dorénavant essentiellement mortifère que rien ne peut plus arrêter.

Voilà le constat que Germain déduisait de ses observations, de ses expériences, à propos de deux conduites de vie opposées. Deux façons de voir et concevoir la vie, aussi différentes que leurs chemins et leurs destins.

Germain, persistant dans ses réflexions détectives, analysait l'espèce humaine prise dans la mauvaise trajectoire. À ses yeux, elle atteignait désormais un comportement existentiel poussé dans l'extrémisme. La vie assassine, entreprise à l'encontre de toutes les vies sauvages, a mené l'humanité moderne à se transformer en l'unique espèce prédatrice de tout ce qui l'entoure et de tout ce qui l'incarne. En outre, percevait-il, elle a depuis fort longtemps dépassé son expansion démographique acceptable. Sans jamais avoir cherché à mesurer les conséquences de ses actes, et avec un entêtement irrationnel, l'humanité se trouve aujourd'hui au bout de la pente, sur sa phase terminale toute proche de l'arrêt brutal, dans une impasse sans rebrousse-chemin.

Ainsi, Germain discernait d'autant mieux que ralentir aujourd'hui la folle évolution de « l'homme » pour adoucir le choc final n'est qu'une tentative vaine et illusoire. Pour lui, rêver à une réorientation va à l'encontre des raisons pour lesquelles l'être évolué est ce qu'il est : un évolutionniste fondamentaliste. Avec la plus grande des certitudes, Germain savait la société moderne incapable de s'affranchir des caractères scientifique, capitaliste et ultra-démographique. Ces attributs sont sans aucun doute décadents, mais indispensables à son style de vie, à sa vocation progressiste ; ils sont le moteur à tous ses fantasmes prestigieux et farfelus.

{— Tout ce constat, dû à « l'IN-TE-LLI-GENCE » humaine, mon cher Henri !
— L'in-te-lli-gence ! Ça, c'est compliqué à définir ! Peut-être, sa définition est-elle différente selon où l'on se situe. Et dans ce cas, il y en aurait alors plusieurs ?}

 # L'intelligence

Germain entrevoit une autre définition de l'intelligence que celle dont on l'avait instruit durant son parcours estudiantin. Des enseignants avaient considéré que la différence majeure entre l'être humain et toutes les autres espèces vivantes de par le monde, consiste en la grande intelligence, bien supérieure, chez l'Homo sapiens. Germain, lui, perçoit l'intelligence d'un entendement différent, plus logique de celui que se congratulent les êtres humains développés.

Selon lui, la manière suicidaire d'évoluer, par conséquent irréfléchie, propre à la seule espèce humaine moderne, ne peut découler que du seul fait d'un manque d'intelligence. « L'homme » a créé de son propre esprit le capital et la technologie. Deux inventions illogiques et contre nature dans le sens de ce qui est universel ; mais effectivement logiques dans la définition de « l'humanisme » où seul l'humain des civilisations se prévaut sur tout le reste, et par laquelle l'idée de « solidarité » ne concerne que sa seule espèce artificielle. Pour Germain, l'humanisme apparait comme un des plus grands défauts de l'humanité, qui par sa particularité égocentrique l'amène à sa perte. Il ne peut y avoir de changement de cap de la part des sociétés évoluées ; les artifices, qu'elles créent de leurs sciences, démontrent leur motivation incessante à vivre au travers de nouveaux progrès ; chacun d'eux conditionnant leur plaisir à exister. Les progrès de la science mettent ainsi en place un cercle pervers, où l'espèce humaine en société devient chaque fois plus nombreuse, plus futile, plus dépendante du matérialisme et de la finance. Cela avait commencé à la séparation du naturel il y a maintenant quelques millénaires. L'étau du corridor s'est serré, serré, serré. Aujourd'hui, ses deux mâchoires ne sont plus loin de se rejoindre, malgré, pourtant, une éthique naturaliste instinctive encore ancrée au plus profond de tout citoyen. Sans toutefois l'admettre, cette humanité commence seulement à entrevoir son proche sort macabre.

Aux yeux de Germain, cet élan évolutif enragé va à l'encontre même de la supposée intelligence humaine dont l'espèce s'enorgueillit tant. Une question le laissait dubitatif : 'Qu'est donc l'intelligence ? En sommes-nous vraiment dotés ? Ne serait-ce pas, en fait, autre chose que ce que l'on veut bien nous faire admettre depuis la tendre enfance ?'.

Dans son esprit, ce n'est pas parce que « l'homme » pense, compte, invente, fabrique, lit que cela fait de lui un être très intelligent. Bien au contraire. Pour lui, l'être artificiel se montre plutôt ingénieux, astucieux, rusé, vicieux. Germain perçoit l'intelligence plutôt comme une attitude, une action, une pensée, dans la lucidité d'un concept qui intègre la logique universelle et associe tout le vivant pour le maintien de la Vie. Selon sa vision éclairée, l'intelligence ne peut provenir que de la raison – ce raisonnement lucide –, et donc n'être que raisonnable, contrairement à l'imbécillité de tout évincer sur son passage. L'intelligence humaine naitrait dans un cerveau doté d'une pensée réfléchie pour atteindre la sagesse. Mais l'humanité évoluée se débat contre son origine qui lui a donné l'existence, elle contrecarre la nature. Pour cela elle élimine tout prédateur naturel qui pourrait déstabiliser sa gloire. Elle bidouille et incrémente sa longévité, elle fait exploser sa démographie ;

des attitudes ségrégationnistes qui dans la logique universelle sont irrecevables. En allant contre l'essence de la Vie, « l'homme » moderne défait ce par quoi il a été conçu.

Ces évidences éloquentes germaient dans l'esprit de Germain. Il discernait qu'aucune intelligence ne devrait pouvoir amener à la déraison : engendrer la destruction du berceau de la vie, décimer les espèces puis, finalement au bout de la route, détruire sa propre espèce ; à la manière des dictateurs, ravageurs et cruels si accrochés à leur pouvoir jusqu'à leur disparition. À moins que ces comportements aberrants valident la véritable définition de l'intelligence humaine. Dans ce cas, Germain hochant la tête : 'Il n'y a vraiment pas de quoi s'en flatter !'.

Après ces instants de réflexions, il aimait se souvenir de Chasqui, un ami poète qui souvent formulait en signe d'assentiment :
— Pour vouloir être des dieux, nous sommes devenus odieux !

{— Tout au long de ses considérations, l'avion qui le transportait poursuivait son vol. Il flottait dans un espace-temps inclinant Germain à se plonger dans le tréfonds de ses pensées et à se remémorer des aventures marquantes.}

 # Le monde de Mimi-Kutu

La longue pirogue est motorisée. Elle se faufile à toute allure entre chaque piège affleurant la surface du fleuve. L'air auquel nous nous confrontons frictionne mon visage alors que du bout des doigts je caresse l'eau couleur café. Elle frémit ou tourbillonne par endroits ; Mimi-kutu maîtrise ces indices dangereux, ils indiquent les passages à éviter, à contourner. À peine sous la surface opaque peut se dissimuler l'obstacle fatal : un rocher ou bien un tronc immergé.

De retour des plantations, nous remontons à contre-courant. Nous avions empli l'embarcation de tubercules de manioc. Le lendemain, les femmes en destineront une partie à la préparation de grandes galettes grillées. Sorte de pain de l'Amazonie qui, lorsqu'elles fument encore, exhalent un parfum irrésistible. Mais l'essentiel servira, cette fois-ci, à la préparation du cachiri : une sorte de bière consistante, traditionnelle, nutritive, fermentée à partir de la salive des femmes. En mâchant le réduit farineux de ces tubercules, elles élaboreront la boisson. Le moment était venu de fêter la naissance de son troisième enfant, une mignonne petite fille née au sein de la forêt, à l'écart des habitations.

Mimi-Kutu, robuste, les pieds bien ancrés, le visage carré avec des yeux très étirés, est issu d'une tribu des Kali'na tilewuyu. Ils vivent en bordure du fleuve, entre deux rapides difficiles à franchir pendant la saison sèche. Ce lieu avait été mûrement réfléchi. Il leur permet de rester à l'écart des colonisateurs, pour lesquels l'esprit du lucre prévaut sur tout.

Fier de son appartenance et de sa culture, il est conscient, aujourd'hui, que son mode de vie constitue une richesse peu commune. Mimi-Kutu se sent digne de vêtir à nouveau le pagne traditionnel. Un rectangle d'étoffe, fait de fines fibres végétales filées puis tissées, l'identifie à son ethnie et élève les valeurs de sa culture. L'étoffe a été imprégnée d'une teinte rouge extraite de la graine du rocouyer. Elle est passée à l'entre-jambes, et retombe jusqu'aux genoux à l'avant comme à l'arrière. Mimi-kutu la maintient à la hanche par une écorce souple et nouée. Sa vision fait penser à un slip excessivement échancré. Elle apporte ainsi une allure élancée à sa silhouette pourtant trapue. Le reste du corps, nu, imberbe, ouvert à la brise rafraichissante, se cuivre davantage par le soleil.

Avec le temps, j'en suis moi aussi arrivé à me défaire de la plupart des vêtements. Ils amènent tout compte fait des inconvénients peu enviables. La plupart du temps des mycoses, sinon un abri, une cache idéale pour nombre de petites bestioles heureuses d'un endroit douillet, d'une chair comestible adaptée à leurs progénitures. Je savoure cette quasi-nudité, la peau à l'air libre, les pieds nus en contact avec la terre et l'humus. Par instinct, les sens et leur sensibilité s'épanouissent et tout mon être s'unit à la diversité biologique.

L'expérience quotidienne de la jungle a sensibilisé mon ouïe et ma vue, maintenant mieux adaptées au moindre bruit d'oiseau et au moindre craquement de brindille, à la moindre trace du passage d'un animal ou d'une branche expressément brisée indiquant le layon ; mon odorat, lui, est plus performant, sensible à chacune des différentes fragrances végétales et animales. Toutes ces réadaptations me font découvrir une délicieuse sensation d'ouverture à la Vie. Je ressens ainsi une profonde communion avec les éléments naturels qui renforcent mes sens du toucher et de la perception. Cette vie sauvage accentue de façon automatique mon attention à tout ce qui pourrait agresser, ou bien caresser ma peau maintenant libre. C'est ainsi que prend alors naissance en moi la délicieuse sensation jubilatoire de faire partie d'un Tout essentiel. Quel gout ! Quel plaisir ! Je touche enfin le bonheur, le vrai ! L'authentique ravissement qui insuffle au mental la plus belle joie de vivre. Je me sens un vrai Humain – avec un H grand, réellement issu de la nature – partie intégrante du Tout universel.

Mimi-kutu et sa tribu évoluent en cet endroit depuis seulement trois saisons des pluies en quasi complète autosuffisance. Les habitations, de feuillages tressés et de troncs desquels pendent des hamacs de fibres végétales, font face à la grande place rectangulaire de terre battue ouverte au fleuve. À l'arrière, seule une étroite bande de terre déboisée les sépare de la forêt. Même accolée, la jungle ne s'apprivoise pas ; elle vit selon sa liberté : luxuriante, exubérante, aérée bien souvent, dense à d'autres endroits. Ils en tirent une grande partie de leur subsistance. Une merveilleuse palette de verts frais et luisants compose l'éden végétal qui se régénère par un perpétuel regain de mille et une jeunesses. Le contraste des fleurs multicolores, rouges, jaunes, blanches, violettes, affole les insectes, et d'innombrables bruits incessants confirment une vie animale loufoque.

{Le café enfin prêt – je l'avais cuisiné patiemment, avec passion –, Sophie entreprit une pose. Nous nous installâmes dehors sur la petite terrasse, face à des haies au-delà de la rue en terre. La boisson fumante exhalait ce délicieux parfum chaleureux et réconfortant. Sa saveur, bien équilibrée, avec comme une légère saveur réglissée, avait favorisé un repos cérébral, un entracte. Nous restâmes sans rien dire, un léger rayon de soleil bienvenu sur nos visages, les yeux vagant sur les buissons. Pas un bruit ! Ni d'insecte ni d'oiseau ! Un calme inquiétant qui n'aurait pas existé trois décennies auparavant. Puis, concentrée sur son histoire des « hommes », elle me délivra une information à propos de la raison qui avait obligé la tribu de Mimi-Kutu à se déplacer :
— Leur ancien habitat se trouvait plus en aval, proche de l'embouchure, là où le cours d'eau, plus large, s'apaise enfin. Un lieu de vie charmant qu'ils avaient dû fuir, repoussés par une colonisation envahissante, « sauvage », et de surcroit illégale, composée de blancs et de métis des villages de la grande société. Les causes principales de leur retrait avaient concerné toutes ces animosités empreintes de violences

que l'appât du gain animait, et les désastres écologiques mortifères après lesquels plus grand-chose ne subsistait. Leurs façons mutuelles de concevoir et de vivre la vie s'opposaient forcément. Mimi-kutu et les siens n'avaient pu résister longtemps aux assauts réguliers de ces envahisseurs, bien trop affamés de paillettes d'or et de bois précieux. Ces colons saccagent tout sur leur passage pour un bénéfice financier quotidien qui ne soulage un seul instant leur appétit sans fin. Chaque jour, aveuglés par leur stupidité, ils pourchassent davantage de profits jamais rassasiants. La tribu n'avait eu d'autre choix que de s'éloigner de leurs insupportables vandalismes, de se mettre à l'écart de leurs violences et de leurs perfidies.}

*

Dès l'aube, hommes et femmes commençons à avaler des demi-calebasses de cachiri. Il a peu fermenté depuis son élaboration hier soir. Nutritionnel et consistant, il profite aux enfants avant que la boisson ne s'alcoolise. Bientôt, au fil des heures et de la montée de la température ambiante, la boisson enivrera.

La veille, Ataïnalu, nièce de Mimi-Kutu, m'avait arraché du confortable hamac pour les aider à préparer le ferment sous le carbet communautaire. Il est situé au milieu des habitations disposées en arc de cercle.

À l'intérieur d'un gros morceau de tronc évasé, taillé comme une mini pirogue, avait été amassée une grande quantité de farine du manioc amer dont les femmes avaient auparavant extrait son jus toxique. Cette pâte attendait nos bouches pour y être mastiquée, puis crachée avec autant de salive possible à l'intérieur d'un énorme récipient placé sur un feu de bois.

L'invitation avait surtout été complotée pour faire rire la galerie. Mes grimaces les avaient amusés un long moment avec de grands éclats joyeux. Au son des rigolades, les femmes avaient attiré une petite foule. Peu à peu, hommes et enfants s'étaient regroupés sous le carbet rond central. Les hommes s'étaient accroupis, comme à leur habitude en équilibre sur leurs larges pieds, le postérieur au ras du sol en terre battue, les bras ceignant leurs genoux. Leurs grands rires avaient alors parfois révélé des dentitions abimées qui n'enlevaient rien de leurs charmes. Les femmes, occupées à leur besogne, vêtues de leur seul pagne rouge teint au rocou, étaient assises sur de tout petits sièges sculptés d'une seule pièce de bois. Moi j'avais fait de même, incapable de tenir suffisamment longtemps la posture des hommes. Elle requiert une maîtrise particulière de l'équilibre et emploie des muscles peu sollicités dans mon style de vie. Les enfants, eux, s'étaient attroupés au niveau du poteau central qui soutient le toit conique. Les feuillages encore jaunes étaient finement tressés, et un large plateau de bois circulaire décorait le centre intérieur du cône. Des pictogrammes multicolores, peints, y représentaient les esprits protecteurs. Les enfants avaient observé et écouté les élucubrations et les rires. Ils s'étaient poursuivis jusqu'à la tombée de la nuit, chacun allant de son histoire rigolote, ou de sa caricature à mon sujet.

*

Le cachiri coule à flots. Les discussions et les rires vont bon train pendant que des percussions et des flûtes accompagnent les chants spécifiques à cette occasion. Quelques centimètres au-dessus du rectangle central, une poussière, une brume sèche se soulève. Les pas rythmés des danses s'intensifient avec les heures. Des hommes rient à foison. D'autres fument des cigarettes de l'Amazonie : une fine écorce d'un arbre particulier roulée sur elle-même. Peinturlurées, des mères jouent avec leurs progénitures ou donnent le sein à leur bébé.

Moi j'écoute Mimi-Kutu me raconter son histoire. Celle de son ethnie, les Kali'na tilewuyu. C'est l'après-midi. Le cachiri a pris du degré et pique à la gorge. Je peux voir l'augmentation du taux d'alcool de la boisson au travers des yeux rouges et brillants de Mimi-Kutu. Mais aussi par son abondante locution sans plus aucune retenue :

— Depuis le début des temps, nous, les Kali'na tilewuyu, vivons sur ce territoire. Nous n'avons jamais rien détruit. Terre, notre mère, nous a toujours fourni en nourriture, en plantes médicinales, en matériaux pour nos habitations, en combustible pour le feu, et en joie de vivre ; tout ceci d'excellente qualité. Nous avons toujours pris soin de tout cela. Nos ancêtres, de génération en génération, se sont transmis ce patrimoine essentiel en excellent état pour que chaque génération suivante puisse vivre dans un bien-être qui te fait aimer la vie. Nous l'avons nous-mêmes reçue ainsi.

Il s'exprimait avec une fierté certaine, révélée par son visage et ses gestes.

— Aujourd'hui, nous sommes cruellement tristes. Nous sommes malheureux de ne plus pouvoir poursuivre cet élan séculaire et léguer à nos enfants une terre riche et saine. J'entends riche non pas financièrement parlant mais bien sur le plan de tout le vivant représenté dans la nature. En peu de temps, à peine les bottes en caoutchouc posées sur nos terres, les envahisseurs, issus des civilisations, pillent, saccagent, contaminent tout ce qui se trouve à leur portée. Quand bien même nous nous en éloignons, cela nous affecte beaucoup. Notre Terre-Mère nourricière rapetisse. Les animaux disparaissent. Les poissons et l'eau des rivières, empoisonnés au mercure par les orpailleurs, nous tuent à petit feu. Tout comme les maladies des blancs contre lesquelles nous n'avons pas d'immunité.

La désespérante réalité le fait s'accroupir, le dos appuyé contre le tronc d'arbre écorcé soutenant un angle de toiture. Je fais de même, à son côté.

— Cela vous rend-il heureux, vous les blancs, les hommes modernes soi-disant civilisés, d'agir de la sorte ?, m'assène-t-il les larmes aux yeux.

Je le regarde, compatissant, accablé par tant de vérité.

{— Oui !, me dit Sophie, la place que nous, les dominateurs, occupons dans le monde, nous l'avons volée, et nous la volons encore tous les jours aux autres mil-

lions d'espèces vivantes autochtones, humaines, animales et végétales. De surcroit, nous abusons de façon barbare, exterminant sans états d'âme ce qui entrave notre progression artificielle. Nous sommes d'insatiables spoliateurs extrémistes. Avec le recul adéquat et une conscience globale de tout le vivant sur Terre, ces actes impérialistes semblent si vils, tellement bêtes et pitoyables de la part de la seule espèce qui se définit comme intelligente !}

 # Expérience essentielle

{— J'aimerais bien connaître ce milieu ; ressentir la forêt tropicale ; ça semble très vivant, voire extravagant !
— Un bel endroit Henri, et en même temps un milieu fragile ! Puisque tu le demandes, je te propose une expérience essentielle qui saurait apporter une part éducative importante en chacun de nous.}

Germain avait vécu de nombreuses expériences parmi des peuples premiers. Il les avait côtoyés dans des milieux authentiques, unis à une diversité sauvage complexe très vivante. Pendant tous ces moments de relations étroites avec le naturel, il avait pu reconnaitre ce sentiment de profonde plénitude pour lequel il avait fui son lieu d'origine : un bonheur à son plus haut degré qui l'envahissait et le comblait lors de telles connexions.

Il ressentit la nécessité intérieure de vivre ce sentiment durant un plus long laps de temps, dans un modèle de vie logique, au cœur d'une forêt la plus intacte possible. Il entreprit alors un voyage singulier. Avec l'aide de plusieurs types de transports, il comptait s'incorporer à un des coins vierges au plus profond d'une partie de l'Amazonie.

Il initialisa son odyssée depuis la capitale colombienne. Dans une « chiva » déjà bondée – un autobus très coloré, rustique, mais robuste –, Germain dut faire sa place, bousculant quelques personnes encombrées de leurs effets. Ces larges véhicules parcourent les pistes cahoteuses dans les zones reculées des campagnes et des montagnes. Ils ne sont pourvus que de longs bancs capitonnés, d'un seul tenant sur toute la largeur de la cabine, sans aucun couloir intercalé, ni aucune fenêtre fermée de vitres, ni même aucune porte. Seule une haute marche extérieure tout le long du côté droit donne l'accès. La « chiva » qui le transporta était donc entièrement ouverte à la poussière que soulevaient de larges pneus neufs. Ce lent et gros cube d'acier rectangulaire, peint de belles couleurs vives qui l'égayaient, desservait sur son chemin tout endroit désiré par chacun des voyageurs. Germain s'installa, submergé de diverses odeurs prégnantes des campagnes, au milieu des paysans accompagnés de poules vivantes, de coqs de combat, de bottes d'oignons frais et autres denrées provenant de leur morceau de terre ; des invendus qu'ils rapportaient chez eux, dans leur milieu rural. Sur le trajet, le véhicule fut chargé plus qu'il ne le fallait. Le toit accueillit de lourds sacs de jute supplémentaires, emplis de bananes plantain, de haricots rouges ou de grains de café vert. Par-dessus ces amas, des hommes et des adolescents s'étaient entassés, bien aises de prendre de la hauteur. Des pluies sporadiques, mais torrentielles, abimaient régulièrement la chaussée tortueuse, ce qui, en quelques endroits, sur le rythme de milliers de cahots, semblait faire danser tous les voyageurs dans un même mouvement. En certains lieux, la piste abrupte et gravillonnée pouvait faire monter une inquiétude chez les passagers, et par d'autres, lorsqu'elle devenait étroite en bord de précipices, elle soulevait des angoisses. En une longue et éreintante journée, cet autobus peu ordinaire emmena Germain depuis les hauts plateaux andins jusqu'aux vastes plaines en contrebas, au bord du bassin amazonien. Le terminus se situa là où la piste s'interrompait, sur la rive d'une large rivière aux eaux couleur confiture de lait. Tout autour du terminus s'étendait une petite bourgade. Elle concentrait des éleveurs de bovins, la plupart du temps accompagnés de leur monture chevaline.

Tout proche, sur l'autre rive, se tenait une petite piste d'aviation. Germain la rejoignit par l'intermédiaire d'un bac. Un fort câble d'acier tendu au-dessus de l'eau le dirigea perpendiculaire au courant limoneux.
C'est ainsi qu'une belle coïncidence lui permit de prendre place, déjà le lendemain matin, dans un transport aérien lui aussi peu ordinaire. Il se révéla hors du commun pour quelqu'un qui a toujours voyagé dans des gros-porteurs équipés des meilleures technologies du moment.

Il s'agissait d'un petit avion de charge, en partance improvisée et presque immédiate pour un territoire indigène à plusieurs heures de vol. L'engin, un vieux Cessna Caravan, maintenu sans cesse en bon état par d'astucieux systèmes D, ne comportait que deux places assises en dehors de la cabine de pilotage. Deux hommes élégamment vêtus et peignés l'occupaient, lunettes polarisantes sur le nez. Le capitaine, autour de la cinquantaine, ventripotent, semblait impassible, contrairement à son copilote, plus jeune et actif. Celui-ci ne rechigna pas à mouiller son éclatante chemise blanche qui par endroits absorbait déjà les suintements d'une sueur tropicale. Il aida à charger, et à organiser des vivres et quelques matériaux dans la carlingue.

Les paquets bien ficelés furent savamment répartis et solidement maintenus contre les parois, depuis l'arrière des deux sièges passagers jusqu'à la queue. Quelques-uns de ces colis furent installés de manière à pouvoir faire assoir des passagers peu exigeants et surtout déterminés à atteindre leur destination. Germain n'eut d'autre choix que d'y prendre place en compagnie d'indigènes. Les deux uniques sièges passagers avaient déjà été attitrés.

L'appareil survola l'extrémité sud des grandes plaines pour vite se trouver au-dessus de la forêt tropicale, dense vue du ciel. À l'intérieur, l'ambiance s'avérait peu rassurante. La porte d'accès peu étanche à l'air, Germain percevait le souffle qui s'introduisait par son contour. Le bruit des moteurs résonnait à l'intérieur de la carlingue sombre et à l'état brut, vide de quelconque aménagement hormis les deux vétustes sièges passagers de couleur noire. Le vrombissement ne permettait pas une discussion. Une odeur de métal graisseux se mélangeait à celle de poissons transportés peu avant.
Depuis l'altitude, au niveau de quelques rares cumulus blancs, Germain ne voyait à perte de vue qu'un infini tapis vert. Il ondulait au gré des monts et des vallées. La surface semblait moutonneuse, constituée par les feuillages denses de la cime des grands arbres. Un territoire spécifique, un écosystème dans lequel la plupart des animaux coexistent accrochés entre terre et ciel, entre la pénombre du sous-bois et l'étincelant ciel bleu. Germain imagina à quel point il pouvait y grouiller une vie toute particulière, où des milliers d'espèces se côtoient, s'échangent des services, et s'entre-nourrissent. Il devina l'équilibre complexe, extraordinaire, dans lequel vit, pour sûr, une multitude de

spécimens depuis bien avant que soit apparue l'espèce humaine. 'D'ailleurs, pensa Germain, ils pourraient continuer à vivre de la sorte bien après que l'humain disparaisse, si seulement, par son « intelligence », il pouvait ne pas interrompre ce que la perfection naturelle fait si bien'.

Vu du ciel, quelques longues et sinueuses rainures liquides, marron ou noires, serpentaient et délimitaient des endroits de l'immensité verte. Les cours d'eau formaient des dessins abstraits qui apportaient davantage de reliefs au panorama, un peu à l'image de la délimitation des grosses pièces d'un puzzle enfantin. L'incroyable vision, à perte de vue, de cette canopée sans un seul accroc de « l'homme », faisait prendre conscience à Germain du remarquable écosystème qui devait s'harmoniser là en bas, sans nul doute dans une perfection idéale depuis bien des millénaires. Une perfection que, dans son esprit, aucune société moderne n'a jamais respectée sur la planète. 'Combien de temps encore, cette précellence resterait-elle à l'abri de l'insatiable appétit des civilisations barbares ?' Germain s'interrogea à ce propos, mais sa pertinence lui suggéra qu'il n'aurait pas à attendre plus de trois décennies avant de voir ce milieu défiguré.

Après presque trois heures de vol, l'avion se posa par petits ricochets à l'intérieur d'une large vallée. Une étroite et courte piste de terre rouge l'accueillit dans une série de soubresauts. Des mottes d'herbes et des nids de poule garnissaient le seul endroit plat et étendu du secteur. Cette escale mit fin, non sans émotion, à la première partie du voyage aérien. Trois indigènes mirent leurs puissants pieds nus à terre et quelques paquets furent débarqués. Autour de l'avion, occasionnel en ce lieu, s'était attroupée une multitude d'Amérindiens torse-nus, curieux de fraiches nouvelles en provenance de la ville. De jeunes enfants commencèrent à jouer en courant tout autour de l'oiseau métallique pendant que les femmes, seins nus, échangèrent des propos dans une langue incompréhensible pour Germain.

La halte fut de courte durée. Avant de remettre en route l'hélice, le copilote dut rouspéter bruyamment après les indigènes afin que tous s'écartent de l'appareil et le laisse décoller en toute sécurité. Le capitaine fit rouler l'engin jusqu'à rejoindre le départ de la piste alors que la porte n'avait pas encore été refermée. Par son entrebâillement, le copilote surveilla le comportement des indigènes. Ils s'ordonnèrent enfin sur le bord. On ferma la porte, puis l'appareil s'élança. Il rebondit à deux reprises à hauteur des autochtones rassemblés qui observèrent, ébahis, l'étrange comportement de ce bruyant oiseau.

Le capitaine poursuivit sa route au-dessus de l'infini tapis vert. Aucune porte ne fermait la cabine de pilotage et Germain pouvait apercevoir la façon dont les pilotes dirigeaient cette carapace de métal. La navigation se fit à vue, et les aviateurs se fièrent aux seuls repères des cours d'eau. Ce capitaine expérimenté les connaissait bien. Les demi-heures défilèrent au-dessus de la forêt tropicale où seules les sinuosités liquides extrayaient Germain de l'ennui panoramique. Par moments, quelques trous d'air vinrent perturber la tranquillité du vol, ébranlant un instant ce frêle amas de tôles.

Il observa les pilotes échanger des avis à propos de la meilleure route à tenir. L'appareil se dirigeait vers d'inquiétants et sombres cumulonimbus, amoncelés verticalement sous un ciel reculé bleu azur. Ils semblaient trop hauts, trop imposants pour se risquer à passer au-dessus ou en dessous. Trop sombres, donc trop tempétueux pour s'aventurer à passer en leur antre. Germain tenta de déchiffrer les gesticulations des deux aviateurs. L'un prônait de contourner par la droite, et l'autre l'inverse. À l'approche de ces denses éponges tourmentées, l'appareil prit par la gauche selon l'intuition du capitaine. Il contourna la première masse nuageuse qui en cachait d'autres. Sur la même strate, les suivantes apparurent comme des géants icebergs flottants d'un gris trop foncé. Ils contournèrent le prochain du même côté. Puis l'appareil s'immisçât entre quelques autres masses inquiétantes, zigzaguant d'un côté et d'autre, se détournant ensuite par la droite puis à nouveau par le milieu, jusqu'à ce qu'enfin, près de vingt minutes plus tard, ils trouvèrent la sortie du labyrinthe. Un soleil étincelant les accueillit joyeusement. L'appareil avait été piloté avec dextérité sans que les passagers aient été trop ballotés.

À peine sortis de ces colosses entremêlés, les pilotes déplièrent devant eux une carte géographique de la zone. À la vue des airs dubitatifs qu'exprimaient leurs visages et leurs gestes, Germain comprit qu'ils étaient perdus. À perte de vue, rien ne différenciait une vallée verdoyante d'une autre, un mont tout aussi verdoyant d'un autre. Dans la cabine de pilotage, les interrogations se prolongèrent quelques longues minutes jusqu'à ce qu'enfin le visage du capitaine s'illumine. Il fit virer l'appareil jusqu'à rejoindre un petit cours d'eau et le suivit quelques minutes pour trouver sa rencontre avec le fleuve. À partir de là, il retrouva sa route, direction sud-est.

Peu avant la fin de l'après-midi, une rivière impétueuse interrompit la monotonie de cet interminable paysage vert. Elle frayait son chemin accidenté à l'intérieur d'un long canyon sinueux. De hautes falaises surplombaient le cours d'eau qui contournait un petit plateau couvert d'herbe et surélevé comme une enclave. Le capitaine fit descendre l'appareil et effectua une large boucle autour de cette terrasse cernée de précipices. Par cette approche, Germain comprit que son voyage aérien arrivait à son terme. Là même, sur ce rocher vertigineux, mais plat et en partie dégagé, cerclé d'un torrent puissant avec ses cataractes écumantes, au beau milieu d'une jungle verte démesurée. Son cœur s'emballa, mais il ne sut si ce fut d'émotion ou de peur d'atterrir en cet endroit qui lui paraissait très technique.

Le capitaine effectua une seconde boucle au-dessus de la petite piste herbeuse pour mieux anticiper son atterrissage. Il prit un peu de distance et s'aligna face à la courte piste. Il entreprit enfin sa descente, et piqua à peine passée l'orée de la forêt. Puis il cabra l'engin, prit contact avec le sol au plus près du bord du précipice, déposa la roue avant et ralentit tout à coup sa course pour s'immobiliser en bout de piste. Un ouf de soulagement s'échappa de la bouche de Germain, admiratif de l'adresse du capitaine. Le copilote essuya quelques gouttes de sueur qui perlaient sur son front.

*

L'arrivée à l'improviste d'un homme blanc, inquiéta les quelques membres d'une communauté amérindienne qui avaient rejoint l'oiseau de fer. Au moment où je récupérai mon bagage, chacun d'eux me dévisagea puis détourna sa tête, déjouant ainsi une quelconque initiative de contact de ma part. Les quelques tout jeunes enfants qui les accompagnaient restèrent cachés derrière la sécurité des imposantes cuisses de leurs pères. Ils jetaient malgré tout quelques rapides coups d'œil curieux et apeurés. Leur peau avait été foncée et dessinée avec la graine noire du génipa. Des motifs significatifs recouvraient tout leur corps. Plusieurs étages de bracelets tressés ceignaient leurs poignets et leurs chevilles. Un fin collier de perles multicolores parait leur cou, et quelques petites plumes blanches s'entremêlaient dans leurs cheveux noirs et luisants. Trois femmes, elles aussi peintes d'ornements géométriques de la tête aux pieds, la tête ronde et les cheveux ras, firent mine de ne pas prêter attention à moi, puis récupérèrent des paquets à leur intention. Elles les chargèrent au sommet de leur tête puis tous partirent par là où ils étaient venus.

Moi je demeurai planté là, campé sur mes pieds, bras ballants, abasourdi par cette situation incongrue. Je me retrouvai au beau milieu de l'immense jungle, sans personne pour m'accueillir ou qui m'invite à le suivre, et sous l'air d'incompréhension des aviateurs. Ses derniers comprirent mon intrusion osée et me conseillèrent de rejoindre, en toute quiétude, la tribu la plus proche, à environ une bonne paire d'heures de marche. Puis, dans le respect qui se doit, de m'installer sous le carbet dit « de passage », mis à disposition de ceux qui de temps à autre font une halte en ces lieux. Ils m'informèrent que je ne subirai aucune animosité, mais qu'il sera de mon ressort de me faire accepter, en douceur et en leur démontrant mes meilleures intentions.

La journée était déjà bien avancée, le soleil ne tarderait pas à se coucher. Je chargeai mon sac à dos et rejoignis le large sentier qu'avaient emprunté les Amérindiens. Je commençai à dévaler la pente lorsque j'entendis l'avion mettre les gaz puis s'éloigner. Au bas du massif rocheux, dans la forêt, le large chemin se transforma en une sente étroite. Elle était assez visible pour m'encourager à marcher vite. Le sous-bois faisait silence comme si tous les animaux retenaient leur souffle à la vue d'un étranger inhabituel. J'en pris conscience et, de suite, décidai de me délivrer d'un vêtement superflu qui m'incommodait déjà.

Vêtu d'un simple pantalon court, je me sentis plus à l'aise. À la différence du plateau ouvert à un soleil brûlant – il m'avait déjà fait subir une belle rougeur – le couvert végétal me soulagea d'une température plus supportable. Sous les grands arbres, le haut taux d'humidité réhydratait la peau, et le seul fait de respirer m'amenait l'eau nécessaire pour ne pas ressentir la soif. Le torse et surtout les pieds maintenant nus, le corps devint, par instinct, bien plus attentif. Il se montra beaucoup plus sensible à l'environnement et plus réceptif à ce matelas souple et frais constitué d'une bonne épaisseur de feuilles et de brindilles en voie de décomposition. Des senteurs enivrantes, tropicales, de moisissures mêlées à celles des végétaux en pleine croissance excitaient mes narines. Mon acuité visuelle entra dans un état de sensibilité accrue lorsque le sentier perdit de sa visibilité dans la végétation. Tous mes sens entraient en alerte, attentifs à tout ce qui m'entourait et m'accompagnait dans ce moment de plénitude, où je ressentis à nouveau bouillonner en moi la Vie.

Le sous-bois s'obscurcissait déjà. Les chants des grenouilles arboricoles et des crapauds-buffles confirmaient que la nuit approchait. J'eus de plus en plus de difficultés à suivre la trace. Le layon n'était plus marqué au niveau du sol, la végétation récupérant chaque jour les traces façonnées par la succession des pas. Seules quelques branches d'arbustes, expressément semi-brisées à hauteur d'homme, indiquaient que je me trouvais au bon endroit. Je pris chaque fois plus de temps à repérer, presque à tâtons, l'itinéraire que je ne pouvais me permettre de perdre. Pour quelqu'un qui n'y est pas né, il est facile de se perdre dans un milieu si vaste empli de végétaux semblables. L'expérience m'avait appris que ma survie ne tiendrait qu'à des repères orienteurs marqués.

Plus de deux heures s'étaient écoulées à mon rythme, sans aucun doute bien en deçà de celui des indigènes partis avant moi. Avec la nuit tombante, je me sentis comme pris au piège. D'une part, gêné d'arriver à l'improviste, de nuit, dans une tribu peu accueillante de premier abord. D'autre part, je risquais de quitter la sente, de me perdre, et ainsi me mettre en danger.

Le sous-bois retrouva son chahut sonore ; la tombée de la nuit anima quantité d'animaux. Je m'assis donc un instant afin de contrôler mes émotions. Esseulé dans cet environnement, elles s'étaient emballées. Je fis le point sur ma situation, et à contrecœur je pris la sage décision de m'arrêter là. Le lieu s'imprégnait de l'obscurité, et les centaines de bruits qui s'éveillaient me paraissaient étranges. Soucieux, j'installai le hamac en attendant que le jour veuille bien éclairer la suite de mon chemin. Depuis plusieurs minutes déjà, transperçant ma peau claire, les moustiques entreprenaient leurs méticuleuses prises de sang qui permettront que se développent leurs œufs.

Comme pour créer une frontière entre le monde mystérieux de la forêt nocturne et le mien plus rassurant à l'intérieur d'un cercle lumineux, je décapai de grosses branches ramassées au sol, entamées par l'humidité et la décomposition. Je récupérai leur cœur encore sec et allumai un grand feu. Il m'apporta ainsi une belle lumière jaune et une rassurante chaleur qui apaisèrent des craintes à coup sûr infondées. Dans mon esprit, ce feu maintiendrait à distance d'éventuels félins trop curieux peut-être, et la fumée éloignerait surtout ces moustiques dénués d'empathie.

Installé dans le hamac à l'abri de la moustiquaire, je ne pus me laisser engourdir par le sommeil. Toute la forêt s'exprimait. Une multitude de bruits inconnus titillèrent mon esprit imaginatif. Des cris soudains et des sifflements, peut-être d'oiseaux, me surprirent à plusieurs reprises. D'autres chahuts, des agitations, me semblèrent plus suspicieux : de possibles rongeurs farfouillant mes affaires, mais aussi, sans doute, des branches et des fruits qui dégringolaient des arbres. Toute la nuit, ce tumulte anima mon esprit d'un imaginaire cauchemardesque dans cette situation.

Au petit matin, quelques hommes apprêtés pour la chasse me découvrirent lors de leur passage. Dans le bref instant où ils m'observèrent l'air curieux, je les invitai à partager quelques aliments que je préparai déjà. Ce fut mon premier pas pour réussir ce deuxième contact. Mon humilité dissipa leur méfiance. Nous échangeâmes quelques courtes conversations gesticulées assez compréhensibles, puis ils reprirent leur chemin.

J'eus du mal à trouver l'habitat de cette tribu. Le layon que je suivis, pourtant de plus en plus marqué dorénavant, était souvent entrecoupé d'autres sentiers qui la plupart amenaient vers des plantations ; je croisai ainsi le manioc amer, mais aussi la banane plantain, l'igname, le piment, l'ananas, les plantes médicinales.

Je rencontrai quelques femmes accompagnées de jeunes enfants. De larges corbeilles de végétaux tressés, emplies de tubercules, étaient retenues par leur front. Une main maintenait leur machette, et l'autre leur bébé sur un côté, suspendu dans une fine toile de fibres tissées accrochée en bandoulière. J'imaginai qu'elles rentraient, et les suivis donc un peu en retrait. Elles se mirent tout d'abord à accélérer le pas, silencieuses. Puis au fil des dizaines de minutes, elles ne purent s'empêcher d'échanger quelques commentaires à voix basse, et enfin quelques petits rires stridents.

Arrivé, je laissai mon sac au sol et me mis à déambuler au milieu des habitations végétales. Les enfants fuyaient ma progression et les femmes gardaient leur distance. Je saluai un vieil homme sous un arbre, assis sur une haute racine saillante, qui me rendit la politesse le visage fermé. Enfin, je trouvai ce qui semblait être le carbet de passage : une grande hutte de forme ovale, ouverte sur toute sa périphérie. Des piliers, faits de troncs courts, soutenaient l'avancée de toit sur le pourtour. À l'intérieur, deux troncs imposants dressaient une haute toiture très pentue. Les feuilles de palmier avaient été fermement tressées pour permettre que l'eau s'écoule sans les pénétrer. J'y ressentis la fraîcheur apaisante. Mais aussi, chose étrange, comme une intimité, car la hauteur réduite sous la retombée de toit ne laissait percevoir à l'extérieur que le bas des jambes de ceux qui osaient s'approcher de ce carbet maintenant hanté de ma « diablerie ».

Mes tentatives de contact restèrent vaines. Je dus patienter jusqu'à la fin de l'après-midi pour rejoindre des adolescents qui se baignaient dans la rivière. Les hommes, de retour de la chasse, nous rejoignirent pour se débarbouiller. Puis des jeux spontanés se mirent en place. Des femmes prirent part à l'ambiance décontractée d'une fin de journée, et enfin la pesante atmosphère à mon détriment se dissipa.

Au moment du repas, sous le carbet, en signe de bienvenue un chasseur m'apporta une jambe de singe crue, débarrassée de ses poils. Il resta un moment à discuter et à gesticuler de l'autre côté du petit feu de bois sur lequel j'installai une casserole d'aluminium cabossé. Nous échangeâmes quelques mots d'espagnol qu'il maniait mal. Un autre homme se joignit à nous, puis deux adolescents curieux, et enfin quelques jeunes enfants joueurs. Ils s'intéressaient de ce que je pourrais leur donner. Nous fîmes du troc : du fil de pêche et des hameçons contre de la galette de manioc et de quelques fruits.

Le lendemain, leurs comportements devenus plus sociables à mon égard, j'en profitai pour troquer, cette fois-ci avec les femmes, quelques petits coquillages percés à monter en collier. Cela provoqua un grand enthousiasme. Je reçus en échange des graines multicolores de diverses dimensions, imputrescibles, qu'elles utilisaient pour orner leurs poignets et composer leurs parures.

La communauté me voyait partir quelques matins, pieds nus, vêtu d'un simple pantalon court, une machette à la main, pour ne revenir que tard l'après-midi. Ces comportements les rassurèrent quelque peu. Au fur et à mesure des journées, ils me perçurent différent de la plupart des blancs : trop souvent incapables de se suffire dans ce milieu et de se débrouiller seul, habillés de la tête aux pieds. Des personnes d'ordinaire incultes quant à la façon d'être des indigènes, les photographiant comme s'ils se trouvaient dans un zoo ou un parc d'animations exotiques. Des individus qui aiment bien caricaturer la sauvagerie des êtres premiers, la dangerosité de la forêt – araignées, scorpions, serpents, piranhas – alors que nos villes, nos routes et nos pollutions sont bien plus redoutables, et que nombre de nos hommes et de nos femmes ne sont pas très civilisés.

En quelques jours, je convainquis la communauté de mon aspiration à me retrouver encore plus loin dans la forêt. Deux jeunes hommes, déjà pères, avec qui nous échangions beaucoup de questionnements et avec qui se nouait une confiance raisonnable, me proposèrent d'aller rejoindre une tribu où vivaient des parents. Il faudrait, pour cela, remonter la rivière puis suivre un petit cours d'eau jusque là où la pirogue ne pourrait plus poursuivre faute de profondeur suffisance.

Près de trois journées de voyage nous tinrent à bord d'une pirogue étroite, navigant à contre-courant à la force des bras. Le trajet fut par moments entrecoupé de chasses et de pêches pour ne pas arriver les mains vides. Dès la fin de la première journée, nous installâmes un boucan pour assécher, toute la nuit à la chaleur d'un feu de bois fumant, viandes et poissons.

Les proches parents nous reçurent avec quelques calebasses pleines d'une boisson consistante très orangée, à peine fermentée, délicieuse et nutritive. Elle avait été élaborée à partir du fruit rond, charnu et fibreux du palmier Chontaduro, cuit à l'eau pour l'attendrir et passé au pilon afin de le dénoyauter et le réduire en bouillie.

Je me trouvais là, dans un lieu éloigné de toute civilisation, au sein d'une vie faite d'essentiel – sans artifices, sans superflus, sans dépendance à l'argent. La communauté baignait dans le calme et la sérénité, là où la surexcitation quotidienne n'a pas lieu d'exister. La vie y était réglée chaque jour par le soleil et par des bruits significatifs d'animaux sylvestres à des moments précis. Une vie rythmée aussi à la semaine et au mois selon la situation d'étoiles et de la lune qu'ils connaissent fort bien. Pas de montre, pas de radio, pas de télévision, pas de téléphone, pas d'Internet, pas de journaux. Ici, les nouvelles du monde dénaturé n'arrivent que lors de rares occasions par des « on dit », souvent inquiétants pour ces Amérindiens qui ne souhaitent pas intégrer la modernisation chaque jour plus proche.

Au vu de leurs façons d'être et de vivre, au vu de leur physique, je me rendis bien à l'évidence qu'ils mènent une vie équilibrée, simple, mais saine, pleine de bon sens et de bien-vivre. Les plaisanteries et les rires fusaient tout au long des journées, même lorsque les femmes travaillaient sur leur abattis-brûlis, même lorsque les hommes passaient leurs journées à abattre des arbres à la machette. Les jeunes enfants ne croulaient pas sous les contraintes, ne se chamaillaient pas et ne hurlaient pas par caprice. Tôt dans leur vie, ils ont déjà le sens de quelques responsabilités. L'ambiance générale, nonchalante, était très éloignée de la frénésie du monde moderne. J'y ressentis une généreuse paix intérieure, un bonheur hors du commun, une forte sociabilité et une belle intelligence de vie.

*

    Après quelques semaines de vie collective, durant lesquelles j'intégrai quelques rudiments supplémentaires pour me suffire en forêt, je décidai de m'éloigner. Au plus profond de moi-même, je souhaitais me retrouver seul à l'intérieur de ce havre sauvage si vivant dans lequel abondent ici les plus parfaites coexistences entre les espèces.
    Provisions faites, sac sur le dos, machette à la main, je partis à la découverte d'un monde vivant on ne peut plus sensé. Un univers authentique que le genre humain frelaté n'avait pas encore altéré, souillé.
    Je m'épanouis huit mois magnifiques dans le meilleur des mondes. Au gré d'une délicieuse brise qui soufflait en moi, la liberté m'emmena selon l'envie de l'instant, d'une vallée à une colline, à une rivière, une cascade ou un marécage. J'effectuai des campements solitaires d'une nuit, parfois de quelques jours. Selon les hasards, je m'intégrai dans une des rares tribus que je pouvais croiser, ce qui me permit de troquer et de me réapprovisionner en denrées cultivées ; ou bien encore, je partageai quelques jours une impromptue expédition de chasse. Je m'alimentai surtout de poissons, aussi de quelques gibiers, d'insectes, de noix, de miel, de fruits de divers palmiers. Une fois, les membres d'une petite tribu de l'ethnie Cha"oie m'avaient laissé leur emprunter une petite pirogue en piteux état. Je réussis à la réparer un tant soit peu, et pus ainsi parcourir quelques cours d'eau.

    Je percevais la forêt tropicale comme un concentré de toute la chaine du vivant. La vie y était intense et extraordinaire sans que l'on ne perçoive aucune frénésie. Elle fourmillait de toutes parts avec calme. Les différentes vies animales et végétales s'entremêlaient, se croisaient, s'entrechoquaient. L'ensemble du vivant s'entraidait, s'entrenourrissait, se cachait, s'exposait, se défendait, se tolérait, et combattait. Ici, depuis des millénaires, depuis bien avant l'apparition de l'humain, la nature régnait encore. Il me parut à peine croyable que le parfait équilibre existentiel soit toujours là, efficace et splendide.

Les couleurs exprimaient la puissance du végétal. Du vert pour les feuillages en perpétuelle régénération. Du foncé au niveau du sol moelleux et des énormes troncs centenaires. Des tons vifs et multicolores pour les innombrables fleurs et les parasites, pour les papillons de toutes sortes, les oiseaux des plus timides aux plus curieux. Certaines eaux cristallines laissaient transparaitre graviers scintillants et poissons, d'autres, foncées par le limon, ou encore noires, restaient absolument potables et gouteuses. Je ne m'y sentis jamais vraiment seul. De magnifiques colibris de différentes espèces venaient souvent voleter quelques instants autour de ma tête. Ils me pointaient de leur long bec effilé, me toisant dans un sur-place investigateur. Des oiseaux m'épiaient de branche en branche et ne cessaient de sonner l'alarme. Des singes, curieux, s'approchaient ou me suivaient. Perchés, ils examinaient en silence ce que je pouvais être. Parfois ils s'insurgeaient et provoquaient un vacarme. Des tortues croisaient mon chemin, imperturbables. Des iguanes, l'air préhistorique, m'épiaient, inquiets. Un tamanoir flegmatique attirait mon attention et m'impressionnait. Des paresseux, nounours silencieux, m'attendrissaient. Des dendrobates, venimeux, très colorés, me fascinaient. Un cabassou, préhistorique, filait à toute allure. Dans le vent, l'odeur fauve d'une bande de pécaris attisait mon appétit. Le fracas d'arbrisseaux tout à coup rabattus dénonçant la puissante avancée d'un tapir me faisait grimper aux arbres. D'innombrables insectes plus insolites et surprenant les uns que les autres me laissaient circonspect. Un peu partout, je croisai les autoroutes dessinées par la marche infatigable de bataillons de fourmis, forcenées et méticuleuses. En cet endroit, se dévoilait sans cesse toute une symphonie visuelle ! Aucune imperfection. Tout faisait valoir la logique et l'harmonie de la Vie, tout s'imbriquait pour mettre en œuvre le plus bel équilibre. La sélection naturelle et l'intelligence instinctive façonnaient ce havre.

Les végétaux assoiffés de vie et de résistance, les odeurs suaves des fleurs ou celles puissantes des fruits à la maturité passée, les bruits mystérieux ou révélateurs, les myriades de chants d'oiseaux et de batraciens, les couleurs chatoyantes des épiphytes, la moiteur apaisante, la sensation à peine perceptible d'être accompagné d'un invisible félin firent que la Vie, ici, m'envouta. Elle exalta tous mes sens et vivifia mon esprit. Tout était à fleur de peau à l'image de ces lianes qui auraient bien voulu que je les attrape pour accompagner mon élan. Tout l'intérieur de mon être ressentit cette osmose et transmit à mon cerveau, chacune des journées et des nuits qui se succédèrent, un bonheur absolu. L'émotion, euphorisante, contamina les cellules de mon être. Additionnée à l'état de liberté qui comblait mes plus grandes aspirations, ce fut la félicité à son plus haut degré qui accompagna chacune de mes secondes durant tout ce périple. Inébranlable, ce fort sentiment fit évanouir et plaça à des plans secondaires les craintes et les quelques difficultés : incommodités, douleurs, faim, butineurs et suceurs de sang sans plus grande importance.

Dans mon esprit, cette incursion me fit découvrir la quintessence de la Vie, et me prodigua le plus bel enseignement dans la plus sensée des écoles. Des vies multiples et très diverses s'y côtoyaient dans l'équilibre. L'osmose entre tous les vivants de toutes les sortes s'exerçait par l'intelligence instinctive de chacun. De tous les milliers d'espèces y cohabitant, aucune ne détenait une suprématie. Rien de superflu ; tout s'articulait avec efficience et dans l'indispensable. La sélection naturelle ajustait chaque vivant, chacune des places détenues par un végétal, pour les imbriquer et bâtir l'ensemble de la vie sur Terre : la Vie. Ces êtres sauvages formaient ainsi les engrenages de la parfaite mécanique universelle. Et l'implacable loi de la logique naturelle faisait en sorte que, là, tout fonctionne depuis déjà des millénaires pour un temps infini.

Ce voyage hors du commun se traduisit par un bain d'évidence. La Vie, éclatante, pas commune dans le monde industrialisé, envahit tout mon être et nourrit puissamment cette magnifique sensation d'extase et de bonheur intérieur. Je me sentis abreuvé du bon sens, conscient de faire partie, moi aussi, de ces vivants imbriqués dans l'unique style de vie cohérent. À mon sens, la Vie ne devrait pas exister autrement et devrait poursuivre avec justesse l'élan universel initial.

Je pris conscience et j'intégrai en moi la chance que vivaient ces Amérindiens depuis l'aube de la vie qui, en coexistant avec tous les êtres vivants, reproduisaient le bon schéma évolutif. Ces autochtones sauvages ont su perpétuer la vie universelle tout au long des millénaires jusqu'à ce jour.

Et je comprends, maintenant, avec la connaissance qu'ils ont, enfin, des civilisations, qu'ils puissent mépriser toute leur hypocrisie et leur supercherie, et j'embrasse ainsi leurs raisons à ne pas vouloir de notre monde tyrannique.

Je mesure ainsi à quel point l'humanité artificielle a entrepris une mauvaise route. Vue depuis l'intérieur de la perfection, la vie moderne parait si insignifiante, si vile, tellement vide de bon sens et si narcissique.

{— **Chasqui le poète, ami de Germain, savait encore dire : « Oh, monde immonde ! » lorsqu'il analysait ce monde fou et détraqué où des citoyens se flattent de leurs conceptions morbides de la « vie ».**

— Oooh oui ! Mais pour comprendre cette vision particulière et si anticonformiste à propos des « hommes » artificiels, il est indispensable de savoir s'extraire de sa petitesse – grandeur, aux yeux de beaucoup – prendre la distance, le recul conséquent, puis ouvrir ses yeux et son esprit... Que devient Germain, Sophie ? Se trouve-t-il toujours dans l'avion ?

— Oui, et quelque chose de fort va lui faire prendre conscience de son acquis. D'ailleurs, suite à ça, il prendra une résolution.}

La résolution

Germain sursauta à l'instant où son estomac remonta en direction de sa bouche. D'instinct, il ouvrit les yeux, et dans l'immédiat il prit conscience que l'avion long-courrier qui le transportait de retour vers sa terre natale ne se déplaçait plus sur son assiette horizontale. Il avait subitement pris l'axe vertical et piquait du nez à toute vitesse, droit vers l'immensité liquide de l'Atlantique.

Depuis l'instant où Germain avait pris pied dans ses aventures tropicales, il y avait quelques années de cela, il avait eu la sensation que s'installait au-dessus de son épaule gauche comme une petite étoile bienveillante de dessins animés. Malgré sa stricte pensée rationnelle, il aimait penser qu'elle se trouvait bien là pour le protéger des malchances et des aléas de son existence bohème. De ce fait, il n'avait jamais prêté attention aux consignes de sécurité énoncées avant chaque décollage. Ce qu'il regretta dans ce moment de panique où il ne sut plus quoi faire. Son réflexe le poussa à imiter sa voisine. Il se recroquevilla sur ses propres genoux, la tête enfouie.
Les secondes suivantes lui semblèrent s'étirer dans le temps. Le lourd bloc d'acier dégringolait dans l'air bleu. Il constata que personne ne criait. Personne ne paniquait comme si, résignés, tous acceptaient peut-être la prompte fin. En l'espace de quelques fractions de seconde, qui équivalaient bien à quelques minutes, des flashs imagés se succédèrent à son esprit. Il vit défiler, un peu comme une courte et intense transe du Yagé, les êtres les plus chers à son cœur. Mais aussi un extrême condensé de sa vie dont

il aurait voulu qu'elle n'en soit encore qu'à son premier tiers.

Germain attendait l'impact, apeuré, mais en silence lui aussi, s'interrogeant sur ce qui avait bien pu se produire. La terreur intérieure l'envahit à la vitesse des fractions de seconde l'approchant de la surface de l'océan. Pas un cri, pas un bruit, ni même un message du capitaine ne vint délivrer le plus grand désarroi contenu. Seule la sensation physique d'une descente vertigineuse les crispa, tous, dans la position du fœtus, prêts à rejoindre ainsi le point final du cercle de la vie.

La fin, Germain l'attendait maintenant. Le sentiment d'impuissance contre l'inévitable le fit s'abandonner au destin. Tous attendaient l'issue de cette chute épouvantable : le choc ultime où tout s'éteindrait pour toujours, ou bien quelque chose d'extraordinaire qui leur ferait redresser l'assiette au ras de l'eau tel un albatros joueur.

C'est comme un grand oiseau, mais encore bien au-dessus de la surface de l'océan, que le gros avion reprit peu à peu son horizontalité rassurante. Déconcertés, tous les passagers restèrent bouche bée devant l'incroyable issue qui prenait vie désormais. La peur ne quitta pas pour autant Germain. Il ressentit le besoin pressant de savoir si ce retour subit à la vie allait perdurer.

Les hôtesses de l'air se relevèrent le visage blême. Choquées d'avoir approché la mort de si près, elles eurent besoin d'un temps pour enfin s'enquérir des voyageurs. Le capitaine prit la parole au travers du microphone. Il expliqua cette descente vertigineuse, intentionnelle. Une dépressurisation soudaine de la cabine l'avait contraint à laisser tomber l'avion jusqu'à une altitude plus oxygénée.

Maniant un ton rassurant, il informa un atterrissage d'urgence sur l'aéroport du morceau de terre le plus proche : La Martinique.

Germain s'apaisa. L'avion volait maintenant à basse altitude, mais parallèle à la surface de l'eau de laquelle le pilote prenait référence d'horizontalité. Parallèle, aussi, au plafond nuageux qui, à présent, voudrait s'intercaler sous le soleil tropical.

L'avion « flottait » en direction de l'île.

Des nuages prenaient de la consistance. Ils noircissaient. Le plafond nuageux s'abaissait à mesure que l'avion avançait vers son objectif terrestre. Il se faisait alors entrainer vers des altitudes d'autant plus basses, pour ainsi éviter des turbulences trop agitées. Malgré tout, l'appareil fut par moments fortement secoué, ce qui à nouveau fit venir l'inquiétude à bord. Ces dernières minutes avaient perturbé l'esprit de Germain. Il analysa les visions qui s'étaient déclenchées de façon instinctive à l'approche de la mort. Ceci l'amena, de façon toute naturelle, à reconsidérer sa vie tout entière. Sa vie passée, mais aussi sa vie future qu'il voudrait bien imaginer maintenant. Chose que Germain n'avait jamais faite auparavant ; la félicité du jour après jour ne l'avait jamais incité à regarder au-delà du présent.

Cet incident émotionnel le força à prendre un recul significatif quant à sa vie et son sens. Il interpréta alors les souvenirs qui lui étaient remontés à l'esprit lors de la première partie de ce voyage aérien. 'Déjà neuf trop courtes années à sillonner l'Amérique tropicale', pensa-t-il repartant dans ses songes. Ces yeux étaient restés ouverts, dans le vague. À travers le hublot, ils fixaient la surface noire de l'océan qui reflétait les nuages d'encre. Il en conclut avoir beaucoup appris auprès de ces communautés authentiques qu'il avait eu le privilège de côtoyer, et auprès de Terre-Mère envers laquelle il ressentait dorénavant un fort attachement universel. Pour pouvoir en arriver à cette dimension intérieure, il avait su appréhender et comprendre cette autre vie en prenant tout le temps nécessaire, et en s'imprégnant de l'autre façon, si différente, de la concevoir et de la vivre. Germain se sentit surpris d'avoir découvert l'existence de philosophies idéales, que chacun de ces êtres Humains applique à tout instant, de génération en génération. Des philosophies élaborées, empreintes d'un savoir-vivre inégalable et d'un surprenant respect envers tout ce qui les entoure ; choses, constatait-il, que l'école des civilisations n'avait pu, ou n'avait pas eu l'intérêt de le pourvoir !

Il se sentit gâté par la vie de s'être émancipé de la sorte et d'avoir été enrichi de vraies valeurs universelles. Germain s'interrogea : 'Mais pour quelle raison avoir vécu tout cela, et surtout dans quel but ?'. À ses yeux, tout acte devait avoir un sens, une finalité. Pragmatique, il se posait régulièrement ce type de questions d'ordres philosophiques, à propos de la vie et de la raison d'être, à propos du comportement de la population moderne bien trop souvent si barbare à l'encontre de Terre et de ses innombrables espèces.

Germain imaginait tout à fait le bleu magnifique de la planète qu'il est possible d'apercevoir depuis l'espace, astre unique au milieu de tous les autres ; mais de plus près, il le visualisait vert aussi. Cette image lui provenait de son amour pour le monde végétal exubérant. Le plaisir qu'il pouvait éprouver à cette vision le fit à peine sourire. Sa conscience percevait aussi la nouvelle teinte prendre forme sur toute la sphère : le noir. Il discernait chacun des individus qui compose les civilisations, alimenter jour après jour, par son modernisme, son narcissisme et sa cupidité, une chape chaque fois plus sombre sur toute la planète.

Noir d'encre comme ce plafond nuageux que Germain, maintenant, s'inquiéta de voir grossir. Le retour au présent le fit réaliser que le temps se gâtait. Il distingua des gouttes d'eau rouler contre la surface extérieure du hublot. Le ciel et l'océan se confondaient, et une tempête naissante bousculait le bloc de métal ailé.

Par moments, à l'extérieur, l'air dense filtrait la luminosité de quelques éclairs jusqu'à même la cabine. À l'intérieur, l'ambiance était tendue. Lorsque le capitaine annonça enfin l'atterrissage dans les minutes suivantes, Germain espéra alors que tout se passe sans incident.

Lui vint ainsi l'idée d'essayer, si son étoile voulait bien qu'il se sorte en vie de cet impétueux voyage, de rendre utiles ses connaissances acquises. Elles lui paraissaient trop intéressantes, trop rares pour qu'elles ne restent qu'en sa possession. Il pensa donc qu'il serait tout au moins intéressant, sinon important, de les partager. Germain en prit la résolution.

*

Il entendit le train d'atterrissage se dégager du fuselage. Quelques instants après, l'avion baissa son altitude pour rejoindre la piste en vue. Il pleuvait dru. Les bourrasques faisaient tanguer l'appareil au point de craindre le pire à l'instant de toucher terre. Approché à seulement quelques mètres au-dessus de la piste, « l'albatros » vacillant hésita.

Le pilote, avec effroi, remit les gaz à pleine puissance, cabrant l'engin autant qu'il le put pour prendre à nouveau les airs.

Les estomacs noués, les passagers eurent droit à une seconde tentative vaine, avant que le capitaine n'informe au travers des haut-parleurs qu'il serait tenté un dernier essai. Dans le cas d'un atterrissage hasardeux, il faudrait alors rejoindre plus loin la Guadeloupe où la tempête, dans ce coin-là, faiblissait.

Afin de ne pas rentrer dans une panique inutile, Germain entreprit la solution de placer sa confiance sur son invisible étoile. La troisième tentative souleva une grosse angoisse parmi les passagers. Cette fois-ci, au ras de la piste, ballotés par la tempête, des cris stridents libérés par la vision de la catastrophe ne purent être contenus. Pourtant, au dernier instant, la maîtrise du pilote fit à nouveau élever l'appareil. Il l'amena cette fois-ci vers l'autre île où ils purent enfin se poser sans encombre.

Les hôtesses de l'air, remaquillées pour dissimuler la pâleur de leur visage, ne permirent à personne de sortir prendre l'air. À cet instant, on réparait ce qui avait provoqué la dépressurisation.

L'équipage avait perçu les nerfs à vifs des voyageurs. Ils n'eurent d'autre choix que d'offrir une bonne collation. Germain choisit deux petites fioles d'un alcool fort. Il ingurgita la première d'un seul trait pour traiter les émotions subies, et dégusta la seconde à petites gorgées apaisantes.

Le calme revenu dans son esprit, il entreprit de converser avec sa voisine. Depuis le départ, ils n'avaient entretenu que de minces échanges de politesse, quelques autres aussi de terreur ou de soulagement lorsque les différentes couleurs de leur visage avaient exprimé de brusques émotions intérieures.

 # Le « corridor »

Amtziri est jolie femme, mince, brune aux cheveux longs et soyeux. Une peau mate rehausse ses traits nord-africains, alors qu'un blanc étincelant entoure des iris verts clairs que Germain ne peut fixer longtemps sans perdre l'esprit. Elle utilise un français parfait appris durant ses années estudiantines à Toulouse. Néanmoins, sa langue maternelle qu'elle adore est le tamazight.

Lorsqu'il l'interrogea sur sa nationalité, elle afficha sa fierté en prononçant le mot « Berbère ». Germain fut séduit par l'attitude, ainsi que par ses vêtements colorés et sobres. Une blouse, aux teintes pastel bleu-turquoise et orange chaleureux, rehaussait sa jupe ample couleur crème, légèrement plissée, marquée de quelques rares traits noirs verticaux. Amtziri ne revêtait aucun foulard. Elle portait des chaussures à la mode et exhibait ainsi ses ongles vernis. Elle avait marqué son visage d'un léger maquillage qui rendait ses yeux d'autant plus cristallins.

Jeune femme, Amtziri affirma avec satisfaction ses origines.

— Malgré des frontières intérieures imposées, expliqua-t-elle, la complète territorialité berbère, unie sous une même entité indivisible, berce la culture et les valeurs des miens.

Elle insista sur le fait que sa vraie nation occupe un vaste territoire ethnique dorénavant morcelé. Ainsi le souligne son passeport marocain pour faire valoir qu'elle n'a habité qu'un lieu réduit selon des frontières convenues entre plusieurs envahisseurs.

Après avoir rassuré tous les passagers, le capitaine annonça enfin le décollage pour rejoindre leur destination parisienne. Certes, ils avaient pris du retard. Mais il augura cette dernière partie du voyage sans importantes perturbations climatiques, et avec un appareil en parfait état de fonctionnement. Une sonde défaillante avait été la cause de toutes ces émotions. Elle fut remplacée. Germain se sentit dépité d'avoir eu à supporter autant d'angoisses pour un si minuscule instrument.

Germain et Amtziri échangèrent quantité d'expériences et d'analyses tout le restant du trajet. Leur gout réciproque des cultures ethniques les charmait, et pour un instant, ils en oublièrent même les déconvenues du voyage. Les heures qui suivirent leur parurent trop courtes. Ils s'échangèrent leur adresse électronique et s'engagèrent à rester en contact.

Après le passage des douanes et la récupération de leur bagage respectif, chacun s'en alla rejoindre son vol intérieur pour une destination différente.

*

À peine débarqué dans les grands halls de l'aéroport parisien, Germain se sentit déjà mal à l'aise. Il était tout à coup témoin d'un aspect étrangement sinistre. Il n'était pas revenu depuis une petite dizaine d'années et ne se souvenait pas de cette apparence des gens en France. Une désagréable sensation lugubre l'envahit jusqu'à se sentir choqué à la vision de tant de noirceurs. Il eut presque envie de retourner là d'où il venait.

Les halls étaient tapissés d'individus itinérants, à l'image d'une fourmilière, et chacun d'eux portait des vêtements de couleurs noire, grise ou marron foncé : pantalons, chemises, pullovers, vestes, manteaux, chaussures des hommes, des femmes et des enfants, tout comme les accoutrements qui emboudinaient certains chiens. Germain pensa un instant que le pays était en deuil. Déconcerté, il s'efforça d'en décoder une éventuelle raison. Le choc lui paraissait brutal. Il arrivait d'un continent où, malgré la pauvreté et les grandes injustices, l'ambiance mettait souvent en évidence une humeur chaleureuse et joyeuse ; les visages se montraient la plupart du temps souriants, les habits se distinguaient par la variété des couleurs, les façades des villes et villages réfléchissaient leur clarté. Une ambiance dans laquelle Germain s'était moulé sans véritable conscience. Une ambiance qui adoucissait la vie.

Et voilà qu'en un instant, il se retrouvait dans un monde froid, austère, limite dépressif. Germain arrivait en plein hiver en ce milieu du mois de janvier. Durant les jours qui suivirent, il se rendit à l'évidence que la maladie, ou la mode, se diffusait partout. Il voulut acheter quelques vêtements pour supporter le froid glacial. Tous les magasins pour hommes qu'il croisa ne lui proposaient que des couleurs lugubres. Ne serait-ce que pénétrer dans ces commerces d'outre-tombe lui parut insoutenable. Du noir partout !

— Normal que les Français soient dépressifs en cette période, insinuait-il aux vendeurs.

— C'est ce qui va le mieux pour cette saison, lui rétorquaient-ils alors.

Malgré tout, les retrouvailles avec sa famille furent un grand moment espéré par tous.

Mais pour autant, Germain ne se sentit pas à sa place. Au fur et à mesure des jours, il se rendit bien à l'évidence qu'il n'était plus en phase avec la plupart des gens. Il se sentit en marge par rapport à leur façon de vivre, de concevoir la vie et de la projeter, toujours dans un esprit compétitif ; en marge avec leurs souhaits consuméristes toujours plus grands, toujours plus beaux ; en marge avec leurs apparences et leurs nécessités futiles. Germain se sentait éloigné de ces choses. Certes, elles amènent une satisfaction, quoique momentanée, mais pas un bien-être irradiant de celui qui l'avait baigné dans la félicité chacun des jours parmi des communautés plongées dans l'essentiel.

La seule personne avec qui il partagea le même esprit fut Amtziri. Quel curieux hasard cette rencontre improbable !

Ils n'avaient pas perdu le contact. Depuis leur séparation à Paris, ils n'avaient cessé de correspondre. Ils échangeaient opinions, constatations, et expériences, à propos de sensations personnelles sur leur ressenti dans la vie moderne, à propos d'autres modes de vie, ou de ce que devrait être un bien-vivre équilibré sur la planète. Parfois, ils refaisaient alors le monde, mais pour finalement toujours terminer par un : « Aah ! Impossible, inconcevable dans la vraie vie : pure utopie ! ». Et ils se communiquaient leurs rires issus de raisonnements mirobolants.

*

@ Amtziri, des personnes de mon entourage me disent : « Germain, tu réfléchis trop ; qu'es-tu allé faire par là-bas, pourquoi tout cela, et si loin ? ». Tu sais quoi ?, parfois je pense la même chose : pourquoi suis-je parti dans ces contrées lointaines et dans des modes de vie si distincts ? Lorsque je revois ceux qui sont restés dans leur vie évoluée standardisée sans qu'ils aient eu à connaître autre chose, ils ne paraissent pas si mal que ça dans leur peau me semble-t-il ; en apparence, ça leur satisfait.
Mais bon, selon toute vraisemblance, Amtziri, mon esprit ne fonctionne pas sur le même « logiciel ». Ma conscience et mes besoins sont tout autres. Leur vie ne me fait pas rêver. Cela m'attriste même de les voir ainsi conformés, ainsi soumis au dictat politico-économique mondial. Avec dorénavant, dans les populations très développées, trop peu d'intérêt pour une forte tradition, typée, au sein de leur famille. Sans plus grand-chose de traditionnel et fort, ancré en eux et transmissible à leur enfant. Un quelque chose ancestral et fondamental plein de bon sens et de logique, enraciné en soi, qui perpétuerait la richesse d'une entité singulière, une culture comme tribale, imprégnée d'un authentique parfum local, doux et épicé à la fois.
Amtziri, des individus de plus en plus nombreux ont conscience de la dégradation de leur monde, des injustices qu'ils sont tenus de supporter, du type de vie inconvenant duquel ils ne peuvent se soustraire. Alors certes ! Ils vont de l'avant lorsque ces « moutons noirs » élèvent la voix dans les rues par exemple, mais, au bout du compte, ils suivent la même ligne déjà tracée d'un corridor. Un peu à l'image du couloir de service qui canalise les moutons en

file indienne. Leur seule orientation possible demeure restreinte et unilatérale, orientée vers un unique destin pas enthousiasmant, décadent, comme celui que l'on peut apercevoir dorénavant tout au bout de l'ère moderne.
En s'imposant un recul nécessaire, on se rend bien compte, Amtziri, que les manifestations populaires, les rébellions de dernier recours, ne changent en fin de compte rien à la destinée finale de l'espèce humaine repliée sur elle-même ! Tout acte quotidien – aussi vertueux qu'il soit – de chacun des individus peu ou très artificiels, mène au même point final, là où s'effondre le « corridor ». @

Le lendemain Amtziri répondit à son courriel : @ De quel corridor parles-tu ? @

Impatient, Germain était resté aux aguets d'un message qui proviendrait de sa nouvelle amie. Il appréciait pouvoir échanger sur ce genre de propos, et elle le faisait se sentir plus à l'aise quant à sa vision des choses. Il lui répondit presque aussitôt.
@ J'utilise le « corridor » comme métaphore, pour désigner le seul axe, étroit, de l'unique monde que perçoit la majorité des gens : l'anthropocène. Une bulle artificielle élaborée par leurs soins, dans laquelle évolue l'humanité séparée de l'univers naturel, de l'essence : la Vie dans son intégralité. Un « corridor » établi par le système, construit jour après jour durant toute notre existence, depuis la plus tendre enfance. Analyse bien ce système éducatif des civilisations ! Calculé pour faire de chaque être humain endoctriné – tu remarqueras que je l'ai écrit avec un petit h car éloigné à l'extrême de la grandeur des garants de la vie universelle – un pantin. Des pantins qui opinent, oui, mais qui ne réfléchissent pas leurs comportements. Malgré toutes

les belles pensées qu'ils peuvent faire naitre en eux, si différentes, si respectueuses, ou si révolutionnaires soient-elles du premier abord, toutes mènent, au bout du compte, sur ce même tracé aux « murs » obstruant toute largeur d'esprit. Des « murs » psychologiques, culturels, algorithmiques, qui imperceptiblement orientent nos pas, nos décisions et nos actes quotidiens. Ce « corridor » est en fait un chemin étroit, axé sur notre seule espèce moderne et notre absolue individualité. Il s'agit d'une séquestration psychologique, mais physique aussi, qui inhibe en nous tout respect envers le sauvage.
Amtziri, cet endoctrinement est calculé à la seule fin de conformer les masses et les diriger dans une voie fermée au principe universel. Il consolide ainsi l'assise d'une catégorie de privilégiés, ceux qui tirent les ficelles des sept milliards de pantins. Compétition, rentabilité, travail acharné, docilité, aliénation, consumérisme, endettement, déni de la réalité existentielle au-delà du « corridor ». Ainsi, installe-t-on, de façon imperceptible, les œillères intellectuelles réduisant strictement le champ de l'esprit.
@

Leur échange de courriels se poursuivit au fil des jours avec un enthousiasme réciproque. Leurs concordances inespérées cimentaient les fondations de leur future amitié complice et soudée.

@ Je vois ce que tu veux dire, Germain. Je vois aussi ce destin au bout du « corridor » : ce point, cette lumière que l'humanité commence à peine à entrevoir, et qui n'est pas la sortie magique et espérée du sombre tunnel dans lequel nous nous sommes fourrés. L'horizon de l'espèce humaine n'est pas ce que fabule le citoyen : cette idée, selon laquelle

une nouvelle ère de l'humanité renaitrait de ses cendres après que tous les membres aient changé leur conduite de vie n'est qu'une utopie. Retourner à la vie raisonnable en abandonnant toutes ses aberrances ne fait pas partie de ses rêves. Les optimistes essaient de la faire admettre comme réalisable ; il en va de leur supposée intelligence ! Les idéalistes écolos s'attachent aussi à faire croire possible cette fiction-là ; ils ont leur intérêt. Sans surprises, les politiciens manipulateurs, les industriels et les financiers intéressés parviennent à susciter cet espoir.
Non ! Moi aussi je sais ce qui termine notre « corridor » : un abime où va bientôt disparaitre toute l'espèce humaine. Pour un humaniste, ce constat décadent pour « l'homme » semble pessimiste, mais il n'en est rien ! La fin de l'Homo sapiens est en fait optimiste, dans la mesure où, contrairement à l'existence de « l'homme », ce qui origine la Vie, la nature avec sa diversité biologique, prévaut. L'humanité se place au-dessus de tout ; c'est un non-sens ! Dans la biodiversité nous ne servons à rien ! Bien pire, chacun de nous étant une cellule cancéreuse contre la planète nous sommes illégitimes.
Durant des millénaires avant nous, tous les êtres vivants s'étaient développés dans un parfait et complexe équilibre instinctif. Après nous, la vie universelle retrouvera son élan originel. La vision de la disparition humaine devient ainsi un point de vue optimiste en faveur de la Vie. @

@ Tu sais quoi Germain ?, je me demande si nous sommes nombreux à être pourvus de cette conscience, si d'autres personnes ont une telle vision de la réalité de la vie moderne. Je pense qu'il serait intéressant de divulguer et de partager ce genre de réflexions. Avec Internet, c'est dorénavant assez facile ; qu'en penses-tu ? @

 # L'or noir

Germain ne lui répondit pas tout de suite comme à l'accoutumée. Il eut besoin d'y réfléchir, de ressentir si cela en vaudrait la peine malgré la résolution qu'il avait déjà prise. Il percevait le monde dans sa globalité, comme un Tout, sans une seule espèce écartée, dissociée. Tout au long de son évolution cognitive, Germain avait mis en œuvre une prise de hauteur chaque fois plus conséquente qui lui avait permis d'ouvrir et élargir son esprit. Sa vision particulière du vivant dans l'Univers le faisait alors se sentir différent de la majorité des personnes. Cela l'amena à penser que beaucoup d'entre elles ne pouvaient probablement pas être en mesure de comprendre son interprétation du monde humain. 'Et puis de toutes les façons, à quoi bon essayer de diffuser ses idées anticonformistes ?' Germain était persuadé de l'avenir sombre, déjà tracé et joué, du « corridor ».

Il se remémora son passage dans la forêt équatoriale chez une tribu Waodani. Un peuple fier, suspicieux et belliqueux envers ses congénères. Depuis des siècles, ce peuple avait toujours vécu en parfaite communion avec le milieu naturel. Il avait maintenu une vie forestière qui le nourrissait et lui fournissait le bien-vivre, dans une richesse d'esprit et de connaissances insoupçonnables. Une tribu réputée féroce contre ses envahisseurs : missionnaires et exploitants forestiers impitoyables, contre lesquels elle avait résisté longtemps pour conserver son mode de vie autonome. Mais aussi, percevait Germain, elle avait résisté pour conserver son système de vie idéal, en tant qu'Humains partie intégrante de la mécanique universelle. Sans artifices, sans matérialisme, sans excès, sans abus, sans futilités, sans esclavage et donc sans maîtres non plus. Elle avait résisté pour conserver un mode de vie sans esprit de compétition, sans aucun art lucratif mais plutôt utile et fonctionnel dans la pratique quotidienne, sans autre but que vivre dans la simplicité et la plénitude.

Ce qui confortait Germain dans la perspicacité de ses analyses c'était de voir les Amérindiens, encore dans ce mode de vie, sains d'esprit et de corps, dégager du bon temps et profiter de la vie entre eux, avec leurs enfants. À l'inverse des matérialistes et leur obsession à travailler une majeure partie de la journée, Germain approuvait le réalisme des naturels qui estiment ne pas avoir à se donner de la peine lorsqu'ils détiennent déjà l'essentiel. Ils n'ont besoin ni de véhicule, ni de téléviseur, ni de piscine, ni de cuisine intégrée, et encore moins de compte en banque, ou bien même de cotiser pour une quelconque assurance et de payer des impôts.
Et voilà ce qui enquiquine tout dirigeant d'État ou d'entreprise : ces populations autonomes ne leur rapportent aucune fortune ! Et les territoires qu'ils occupent, sans que les civilisations puissent les exploiter, déchainent alors l'appétit inextinguible des financiers !

Germain se souvint de son effroyable tristesse lorsqu'il connut le territoire d'une des communautés Waodani. Il admit que ce fut à ce moment que s'enflamma son dédain pour l'être moderne. À cet endroit, se révéla dans son esprit le monstre, prédateur et puissant destructeur. Par la suite, Germain réalisa que chacune de toutes les propagandes écologistes, voire humanistes, dans lesquelles se complaisent les politiciens, les industriels et les financiers, ne sont qu'une manière bien habile d'installer et fixer des « œillères » dans les esprits de leur population. Une manière, bien étudiée, d'entourlouper et de contenir ainsi le peuple, l'électorat, la clientèle, contre le bon sens. Leurs intérêts lui paraissaient évidents : le profit, le pouvoir, pour consolider une situation privilégiée et profiter, un temps le plus prolongé possible, d'un échelon de la hiérarchie. Et pour cela, découvrait Germain, la manigance et l'ignominie font partie de leur boite à outils.

*

Un hasard inattendu lui avait fait rencontrer une famille Waodani sur le marché d'un village en bordure de rivière. Ils étaient venus échanger leur artisanat utile, vanneries et terres cuites, contre quelques produits qu'ils ne pouvaient se procurer autrement. Un long et chaleureux entretien les avait convaincus d'alourdir leur pirogue d'un hôte curieux. Germain avait alors saisi sa chance. En un instant, il chargea son sac qui comprenait l'essentiel : un hamac, un rechange, un peu de nourriture et quelques médecines de base par précaution.

Sur une large rivière aux belles eaux cristallines bordées d'une végétation luxuriante, deux journées de pirogue les avaient ainsi enfoncés et isolés dans la jungle. Puis enfin une journée de marche sur, chose à peine croyable, une interminable piste de terre rouge qui en ce lieu paraissait incongrue, choquante. Ce voyage les avait conduits à un regroupement indigène établi sous de malheureux taudis fermés par quatre murs de planches et des toits de tôles rafistolées. Des bâches plastiques abimées dissimulaient les trous difficiles à réparer. À contrario de leur habitation traditionnelle ouverte à la vie, ce fatras de matériaux délabrés ressemblait davantage à un bien sale ghetto replié sur lui-même.

La réalité vint vite supplanter ses rêves d'authenticité, de nature magnifique à l'état brut, d'autarcie, de liberté, de joie de vivre. Germain avait dû ouvrir grand ses yeux pour croire à l'horrible réalité qu'il découvrait peu à peu. Jour après jour, il assimilait les actes de despotisme perpétrés par la société moderne industrielle. En quelques mois, et avec autorité, une grande entreprise pétrolière étrangère avait implanté sa zone d'exploitation dans un milieu sauvage empli de vie animale et végétale. Leur installation désastreuse avait nécessité la complicité d'élites nationales et de personnes politiques locales corrompues. Tous avaient usé de stratagèmes des plus immoraux pour exproprier par la force ces Waodani de leur Terre-Mère, où ils vivaient depuis des siècles, bien avant même l'arrivée des Occidentaux en Abya Yala. Comme partout ailleurs de par le monde – Germain s'en était informé par la suite – dans ce genre d'entreprise, s'utilise toujours le même type de machinations plutôt scabreuses. Des agissements barbares avaient été employés sciemment sur ce territoire Waodani. Le but : extraire le précieux liquide noir en un temps record, avec un bénéfice financier le plus colossal possible, dans l'irrespect le plus total de ce lieu authentique, au détriment de tous les autres êtres vivants sur cette portion de terre.

Germain, le dégout à la gorge et la rage au ventre, constatait, au fur et à mesure des jours, les saccages perpétrés. L'horreur était telle qu'à ses yeux l'immense espace rasé et laissé à ciel ouvert en pleine jungle lui sembla dérisoire en comparaison à l'extrême souillure environnante. Une pollution toujours aussi présente après leur départ. Elle continuera longtemps d'empoisonner toute vie sur des kilomètres à la ronde. En lieu et place de ce qui auparavant, durant des millénaires, avait pu être appelé un paradis fut élaborée en toute conscience, en l'espace de quelques misérables mois, une infection pétrolifère irrémédiable. Du brut noir et visqueux, toxique, recouvrait une grande quantité d'hectares d'une ancienne forêt millénaire, maintenant morte. Des troncs secs, encore debout à perte de vue, englués dans d'immenses marécages maintenant noirs donnaient une vision apocalyptique et irréelle. Partout, les sols et les cours d'eau contaminés avaient fait disparaitre toute vie. Plus de papillons, plus de colibris, plus de toucans ni d'aras, plus de singes hurleurs, plus de tamanoirs ni de cabassous, plus de poissons, plus de fruits ni de légumes, plus de gibier, plus d'eau potable. Seul l'air maintenait encore un mode de vie désastreux. Ainsi, quelques Waodani contraints survivaient tant bien que mal sur le pourtour de la zone, mais dans une déchéance des plus misérables. Des missionnaires, fins manipulateurs, les retenaient en leur faisant miroiter les pseudobienfaits de leur religion prédatrice, les persuadant d'accepter, sans broncher, leur fatalité, leur destin choisi par Dieu. Cette manipulation rassurait, lavait presque, les instigateurs et bénéficiaires du désastre.

Germain percevait à quel point il est naïf de penser que l'humanité moderne peut agir en philanthrope. Pour lui, ce si beau qualificatif est une tromperie, un leurre ; un cache-misère où enfouir et oublier toutes les mauvaises consciences. Cela rassure le citoyen, et lui permet ainsi de poursuivre sa vie dans un semblant de paix avec lui-même.

Germain était pris du sentiment d'un dépit solitaire à voir que chacun des actes, de la majorité des citoyens, démontre comment l'argent et le pouvoir mettent à bas toutes les plus belles éthiques et les meilleurs principes moraux que chacun de nous aimons tant faire valoir.

Plutôt que des tumeurs cancéreuses, comme Amtziri qualifie l'humanité artificielle, à Germain lui venait à l'esprit la Peste !

Ce souvenir parmi les Waodani raviva son mépris pour l'être moderne. Germain était tout à fait conscient d'être lui-même un de ces individus conditionnés, formatés : un pantin – quoiqu'avec une des ficelles manipulatrices volontairement sectionnée de sa part ; il se reconnaissait tout aussi coupable et, malgré lui, complice de la folie éhontée des civilisations. Le terrible sentiment d'impuissance qu'il ressentait le tapait sur les nerfs, et portait un coup sérieux à son amour-propre. Le fait de percevoir et remettre en mémoire ces comportements barbares maintenus délibérément dans l'ombre le convainquit, en fin de compte, de prendre position à la vue de tous. Une entreprise qu'il percevait pourquoi pas intéressante, même s'il savait que toutefois il ne pourrait changer le monde. En revanche, il montrerait ainsi que, malgré tout, quelques rares « moutons noirs » visualisent autrement le sens de la Vie.

*

Germain apaisa un instant ses esprits en pensant à la belle Amtziri. Au cours des échanges, elle avait pris une place importante dans son cœur. S'il avait pris conscience de sa gentillesse et de son ouverture d'esprit hors du commun, sa beauté, depuis le premier instant où le beau hasard l'avait fait assoir à son côté, ne l'avait pas laissé indifférent. Ses yeux pétillants, verts et translucides l'émerveillaient. Ils contrastaient avec sa peau mate et sa chevelure noire. Ces cristaux ronds et épurés à la surface des globes oculaires lui donnaient à rêver de plonger puis de nager à l'intérieur de leur beauté. Plus d'une fois dans ses songes, il imaginait se baigner dans cette « eau » cristalline où la volupté et le bonheur l'envahissaient, où rien d'autre ne pouvait le submerger si ce n'est sérénité et délice. Germain appréciait sa silhouette, mince, avec des courbes quelque peu prononcées pour lui donner cette élégante touche de féminité. Il appréciait aussi sa petite taille ; à ses yeux, elle lui soulignait une impression de fragilité, une allure gracile qui provoquait en lui cette irrésistible envie de la cajoler entre ses bras, de la traiter avec une tendresse infinie.

La tendresse, voilà ce qui lui manquait dans ce monde si vil.

Germain répondit enfin au dernier message de la jolie Berbère, se gardant bien de lui révéler la moindre attirance qui s'éveillait en lui. Un court assentiment dans son texte approuva l'idée d'Amtziri de divulguer leurs réflexions.

Un instant plus tard, une réponse électronique lui révéla qu'elle avait effectué quelques recherches sur la Toile, où elle avait décelé un site avec des discussions intéressantes.

@ Il pourrait être approprié, je pense, d'y tâter le terrain en échangeant quelques points de vues. Déjà, cela permettrait de jauger les réactions. Jette donc un coup d'œil sur le forum « unmondeacomprendre.org ». @

 # Une coordination interethnique

> Un monde à comprendre ; un monde à apprivoiser ; un monde pour le futur ; un monde à réorganiser ; un monde d'intelligence ; un monde technologique ; un monde évolué ; un monde unique ; un monde malade ; un monde scientifique ; un monde à protéger ; un monde humain.

Germain visita une à une chaque page du site qui critiquait ou tentait de refaire le monde. Il y découvrit de nombreux sujets de conversations. Des personnes de tous âges et de toutes idéologies y révélaient leur vision de la vie. Les différents forums dévoilaient ainsi des débats plus ou moins virulents, où chaque idée pouvait dénoncer ou avaliser une attitude générale de la population, une prérogative politique, un état de fait résultant de comportements massifs.

Il ne voulut pas y participer d'emblée. Il se contenta pour l'instant de rester spectateur de l'agitation qui y apparaissait. Chacun prétendait détenir la meilleure réflexion, et il en ressortait plus de conflits que de véritables débats constructifs. À ses yeux, ces raisonnements n'allaient pas plus loin que le bout de leur nez, comme si, au-delà, le futur ne leur incombait plus. Ou comme si dans leur monde, restreint peut-être par une éducation trop peu visionnaire, il n'existait pas un au-delà aussi lointain. Il trouva que leurs analyses restaient trop à ras de terre, sans la hauteur nécessaire pour qu'elles puissent se révéler objectives.

Germain reprit sa correspondance électronique avec Amtziri. Il n'avait plus eu de ses nouvelles depuis une trop longue semaine. Avant qu'elle ne poursuive ses pérégrinations, tous deux s'étaient entretenus chacun des jours avec autant d'assiduité que d'enthousiasme, heureux d'échanger des idées et des rigolades. À présent, il sentait qu'elle lui manquait. Sans qu'il le cherche, elle apparaissait dans ses pensées, dans ses désirs. Il aurait tant souhaité pouvoir entendre sa voix, l'avoir face à lui et l'admirer s'exprimer de sa façon si gesticulée. Lorsqu'elle raconte, ses mains et ses doigts fins parcourent tout l'espace accessible et évoquent quelque peu la délicate grâce d'une danseuse de flamenco ; elle sait s'y appliquer avec une élégance qui enchante Germain. Pendant ces instants où il rêvait d'elle, il se laissait envahir par le désir de pouvoir contempler les mimiques de son visage, si mignonnes lorsqu'elle libère sa parole. Ou de pouvoir admirer ses lèvres sensuelles se contorsionner à peine d'un côté ou d'un autre, dans un charme hors du commun, lorsqu'elle est prise d'une émotion singulière, comme interrogative ou songeuse. Ses sourires, durant l'instant où ses petites dents blanches se dévoilent et la font d'autant plus rayonner, lui rappellent la douceur esthétique du reflet d'une pleine lune au ras de l'eau.

Mais voilà, la belle s'en était allée sur son continent d'origine. Germain n'avait pas été pris au dépourvu. Dans l'avion où ils s'étaient connus, elle lui avait annoncé que son séjour en France serait bref. La coordination internationale des ethnies minoritaires, avec qui elle collaborait, lui avait missionné un voyage supplémentaire pour rejoindre une alliance interterritoriale berbère dans le désert saharien.

Malgré l'absence de ses nouvelles, Germain l'informa de ses observations – pas très surprenantes – à propos de ce qui, pour lui, ressortait des conversations du site qu'elle avait déniché. Dans son courriel, il lui suggéra plutôt de créer le leur, propre à eux deux, où ils pourraient lancer des débats plus ciblés. Ceci, dans le but d'amener les intervenants à des réflexions mieux élaborées, plus concises peut-être. Sinon il n'en voyait pas l'utilité. Il souhaitait que les échanges d'opinions puissent ouvrir les esprits sur une vision globale de l'être humain à l'intérieur du mécanisme de la Vie sur Terre, le berceau de toutes les espèces. 'Qu'en penserait-elle ?'

Il dut patienter encore une bonne semaine avant qu'elle ne donnât enfin signe de vie. Amtziri était allée rendre compte à sa communauté de ce qui s'était déroulé et décidé lors de son tout récent voyage en Amérique du Sud. Là où elle s'était mêlée à diverses organisations indigènes, rassemblées sous le couvert d'un rendez-vous international : un colloque interethnique. Un rendez-vous organisé pour rallier les communautés indigènes dispersées dans le monde, avec l'intention d'élever une forte voix internationale. Cette rencontre avait alors donné lieu à des échanges de connaissances, des points de vue dans divers domaines, et à des discussions importantes dont Amtziri avait profité durant quatre denses journées. Des ethnies surtout latino-américaines, mais aussi nord-américaines, Africaines, Asiatiques et Australiennes s'y étaient entretenues. Le colloque avait ainsi permis de consolider, mais aussi d'élargir à d'autres ethnies l'entité internationale. Elle-même crée cinq années auparavant pour faire valoir les droits des populations minoritaires qu'elle représenterait. Cette rencontre avait aussi permis de planifier des aides et des actions auprès de diverses communautés de la planète, à travers lesquelles Amtziri exerçait sa profession. Des échanges s'étaient concrétisés à propos de savoirs culturels, environnementaux, botaniques, mais aussi techniques dans les domaines des artisanats et de la médecine traditionnelle.

Dans l'avion où Amtziri et Germain s'étaient rencontrés, elle avait vite été éclairée des idéologies de son nouvel ami. Amtziri lui avait alors dévoilé le résultat principal ressorti de l'importante rencontre interethnique en Amérique du Sud d'où elle revenait. De toutes les palabres qui avaient eu lieu, il en avait découlé un bien malheureux constat de la part des ethnies minoritaires, à propos des populations modernes et de leurs comportements. Rapportés depuis tous les recoins de la planète, les constats révélaient les mêmes problèmes récurrents : destruction environnementale, destruction ethnique, surexploitation des ressources naturelles, violation des zones protégées, violation des droits naturels des populations premières.
— De l'autre côté de l'artificialité, avait-elle poursuivi, les peuples sauvages, eux, démontrent depuis des siècles leur savoir-faire en matière de préservation environnementale.
Ces observations contraires les avaient donc amenés à soumettre à la communauté humaine mondiale la seule solution viable : la prise en charge, dorénavant impérieuse, par les seules ethnies naturelles – et dans une acceptation sans condition – de la gestion de tous les milieux sauvages encore existants (forêts, savanes, déserts, rivières, mers et océans).
Cette exigence avait surgi de toutes les mauvaises expériences, des sociétés évoluées, inutiles pour la Vie. Depuis

qu'elles se sont approprié la majorité des terres de la planète, elles n'ont cessé de démontrer leur incapacité, leur manque de volonté honnête, à protéger les ressources sauvages. Même ces parcs encore naturels, que la société capitaliste accapare sous le déguisement de la protection de la biodiversité, ne leur servent qu'à des stratégies. Ces nouveaux maîtres de l'industrie de la conservation de la nature imposent leurs lois colonialistes vertes et excluent les autochtones pourtant garde-fous. Rusées, les civilisations se libèrent ainsi des véritables ingénieurs et experts de la protection des biotopes, et, sous de trompeurs arguments élogieux, organisent ce qui leur amènera des profits juteux. Ce qui reste de naturel, comme ces parcs, est pourtant la dernière richesse essentielle à préserver ; la terre n'est pas une espèce reproductrice, elle ne se multiplie pas ; et l'enjeu ne peut surtout pas relever de bénéfices économiques et de pouvoirs autoritaires.

« La population industrialisée se plaint elle-même de ses propres attitudes destructrices, tout comme de la disparition des espèces sauvages, maintenant alarmante, dont elle reconnait enfin sa propre culpabilité. Il est donc devenu urgent et impératif, lui avait-elle affirmé avec force, de confier maintenant la responsabilité planétaire de protection et de conservation aux personnes les plus efficientes pour effectuer cette tâche. Aux mains de ces mêmes ethnies qui démontrent, encore de nos jours sur leurs propres territoires, leur exemplarité en œuvre depuis des millénaires. Ces populations, gardiennes de la Vie, sont investies d'une volonté irréprochable, d'un intérêt honnête sans recherche d'aucun lucre, et ont une vision vitale et globale à très long terme. »

Pour Amtziri, il s'agit d'une exigence on ne peut plus cohérente. Elle savait la population développée complètement dépendante de la finance, et atteinte du syndrome de la cupidité sans guérison possible. Elle avait conscience que la société ne voulait pas accepter l'efficacité millénaire des ethnies premières ; pour les maîtres du monde, ce serait une énorme perte lucrative que de ne plus pouvoir disposer des dernières cornes d'abondance en ces derniers territoires peu conquis. Les civilisations ont un besoin chaque jour plus féroce de butins, et les profits avides agissent comme une drogue. Pour un milligramme de substance diabolique, elles ne se privent pas de voler, saccager et tuer.

Amtziri pouvait s'enflammer lorsqu'il lui arrivait d'énoncer ces aberrations.

— Voilà les agents qui dépravent les sociétés : l'argent et le pouvoir ; malheureusement il n'existera aucun remède contre cela ! déclamait-elle impuissante.

Elle était convaincue de la pertinente solution qui s'était dégagée du colloque interethnique. Pour cette raison, elle s'était sentie orgueilleuse de pouvoir porter le message parmi les siens qui, de leur côté, subissaient des changements climatiques dévastateurs.

Dès son retour du Sahara, elle ne résista pas à se connecter et taper quelques mots dans un courriel adressé à Germain. Elle exprima sa joie d'avoir trouvé toutes ses intéressantes nouvelles de sa part. Elle lui communiqua le bonheur qu'elle avait ressenti à parcourir le désert et à partager la vie des siens et des Touaregs. Moins timide, elle lui révéla aussi qu'elle aurait eu aimé effectuer ce voyage en sa compagnie, et qu'elle ne doutait pas qu'il aurait apprécié quelques-uns de ces hommes vêtus d'indigo.

UNE PLANÈTE À COMPRENDRE

Le couple d'amis

D'un commun accord, Amtziri et Germain adoptèrent « uneespeceacomprendre.inf » pour désigner leur toute récente agora électronique mise en ligne.

Ils l'avaient envisagée comme une alternative à « unmondeacomprendre.org ». Ce dernier soulevait de nombreuses interrogations à propos du devenir de l'espèce humaine et de l'état de la planète Terre. Il avait attiré de nombreux intervenants : des curieux, des alarmistes et des visionnaires de tous poils. Quant à sa fréquentation, elle démontrait que seule une population assez avisée se préoccupait de l'état de la planète mais aussi des comportements insouciants des civilisations. Aux yeux du duo franco-berbère, la réalité de l'état du monde accablait la prétendue intelligence humaine, et la conscience d'une humanité néfaste ne se répandait qu'à pas de velours, et plus facilement dans les têtes jeunes.

Les décideurs du haut de l'échelle ne pourraient dissimuler longtemps le constat amer d'un désastre planétaire mis en œuvre par la société moderne. En ces instants, parce que les raisons économiques personnelles prévalent toujours, pensaient Germain et Amtziri, nombre d'experts professionnels écologistes et humanistes avaient filtré les constats, déniant les plus alarmistes. Certains d'entre eux s'avérant bien trop noirs pour l'humanité, et surtout irréparables, leurs divulgations auraient alors pu interrompre leur poste professionnel justifié par la mise au point de solutions salvatrices pour « l'homme ». Ils avaient ainsi minimisé le véritable cataclysme en cours, avec des propos laissant à croire qu'il y avait encore le moyen et le temps de changer de cap. En définitive, ils n'avaient révélé au grand public pas plus que la petite partie visible d'un énorme iceberg. Au stade où en était Terre avec le surpoids de la population humaine, le dilemme de la Vie dans toute sa santé s'avérant dorénavant un choix cornélien entre la planète et l'humanité, faire en sorte de sauver les deux n'était plus possible. La majorité des individus ne considérait donc pas la désastreuse réalité, assurée que « l'homme » artificiel et intelligent pouvait, de toutes les façons, tout arranger. L'autre partie, une minorité, plus à même de voir ce qui se tramait, militait pour tenter d'imposer des comportements meilleurs et responsables. Mais leur incapacité à se critiquer et se dénoncer eux-mêmes, à soulever le seul vrai problème de Terre, l'humanité, leur faisait persister sur le même tracé, le même axe décadent. L'unique changement d'attitudes, efficient pour que l'activité humaine ne soit plus préjudiciable, ne pouvait se construire qu'en s'attaquant à toute la racine du mal, chose inacceptable de la part du mal lui-même : les hommes et les femmes ; ou tout au moins en effectuant un virage brusque à 100°, solution inimaginable pour la majorité des citoyens du monde, bien trop ancrée dans son système artificiel de technologies, bien trop dépendante de rentabilités financières, bien trop satisfaite de son humanisme radical.

La page d'accueil de leur tout jeune forum donnait le ton. Elle s'annonçait sur deux poèmes évocateurs. Un premier de la Nicaraguayenne Gioconda Belli à propos de la responsabilité de tout un chacun, suivi de celui de l'Amérindien Jikiti Buinaima, plus virulent au sujet de l'espèce évoluée contre nature.

On ne choisit pas le pays où l'on nait ;
Mais on aime le pays où l'on est né.
On ne choisit pas l'instant pour venir au monde ;
Mais on doit laisser une trace de son temps.
Personne ne peut éluder sa responsabilité.
Personne ne peut obstruer ses yeux, ses ouïes,
Se taire et se couper les mains.
Nous avons tous un devoir d'amour à remplir,
Une histoire à faire naitre,
Un but à atteindre.
On ne choisit pas le moment pour venir au monde ;
Maintenant nous pouvons faire le monde
Dans lequel naitra et grandira
La graine que nous avons apportée.

Là où apparait l'homme blanc,
Apparaissent la faim et la mort.
Là où l'on entend l'horrible bruit
Des machines modernes,
On entend l'agonie de la forêt.
D'abord meurt la selva…
Ensuite nous périrons tous.
(L'esprit de la forêt – Les éditions de Paris)

C'est à la fin de ce préambule que l'internaute intéressé trouvait l'entrée de la page suivante. Elle énumérait les divers forums de discussion où chacun pouvait aller glisser un œil curieux, voire une plume réfléchie.

Germain et Amtziri avaient pensé et mis en ligne le choix des sujets. À deux, voguant sur la même longueur d'onde, cela n'avait causé bien entendu aucune hausse de ton. Ils avaient conçu le site de façon à ce que la personne qui entreprendrait de s'exprimer passe des étapes informatives nécessaires. Une lecture de comportement éthique devait être acceptée, interdisant toute insulte même méritée. Un indispensable texte d'introduction aux débats devait être lu ; il imprégnait le futur auteur d'un véritable état d'esprit philosophique avant ses propres interventions. Les concepteurs avaient voulu amener l'intervenant à être précis et circonspect par rapport au sujet choisi, et, avaient-ils espéré, à se montrer visionnaires et plus ouvert à la globalité fonctionnelle du monde.

Chacun avait lancé les débats pour des forums qui leur tenaient à cœur. Ceux de Germain avaient concerné des thèmes plutôt intellectuels, comme la définition de la supposée intelligence humaine, « la myopie » et l'amnésie des individus marionnettisés, et l'éducation sournoise que l'on fixe dans notre subconscient.

Amtziri avait ouvert des débats plus pragmatiques. L'un concernait la gestion idéale et nécessaire de l'environnement, un autre la reconnaissance des minorités ethniques plus enclines à l'intelligence, et le suivant : un échange d'opinions à propos du devenir probable de la planète et de sa tumeur cancéreuse.

*

Germain et Amtziri semblaient faits pour s'entendre et l'on pouvait imaginer que la vie les avait aussi orientés pour se trouver. Au moment de leur rencontre, chacun d'eux était déjà enrichi de nombreuses expériences humaines et naturelles. Ils étaient ouverts au monde, jeunes, curieux, friands d'aventures, étincelants de réalisme et empreints d'une vraie vie. Belle coïncidence, chacun d'eux se sent connecté à la même essence originelle. Ils ressentent la même osmose qui les unit à ce qui reste de la magnifique et aujourd'hui bien moins opulente nature. Et chacun d'eux a conscience de faire partie intégrante d'une opportunité unique hors du commun dans l'Univers, d'incarner un maillon de la chaine millénaire du vivant. Amtziri et Germain adorent cette sphère colorée perdue dans l'espace. « D'ailleurs, déduisent-ils, dans ce lieu sombre n'a été aperçue à ce jour, au milieu des millions de ses voisines, aucune autre planète avec une palette de couleurs aussi diverses et étincelantes. Comme ce chaleureux bleu azur au-dessus de nos têtes, le bleu turquoise des eaux qui le reflètent, le puissant vert végétal qui nourrit et protège, et les autres innombrables couleurs éclatantes des fleurs et des oiseaux qui nous émerveillent et calment un instant nos tourments quotidiens ». Tous les deux sont convaincus que Terre aurait dû être le bien le plus précieux et le plus cher, bien au-delà de l'importance que l'être artificiel accorde à l'argent et à la suprématie de la collectivité humaine.

L'un comme l'autre attachent trop peu d'intérêt à l'imposante commodité matérielle et au rassurant confort économique. À leurs yeux, ces agréments ne soulagent en fait qu'une vie creuse et obligée, trop démunie ou trop opulente, et induisent une attitude individualiste, vile, bien trop cupide. Ils ont compris que la vie matérielle conduit nécessairement à une façon de vivre n'apportant rien de transcendantal pour l'individu, comme la félicité que Germain et Amtziri placent avant toute chose.

À une période différente de leur existence, au moins une opportunité leur avait permis d'éprouver le privilège du bonheur à son plus haut degré. Il avait pu s'épanouir en eux dans une succession de joies de vivre continues, elles-mêmes nourries à chaque instant par leur bien-être. Chacun avait pu réaliser à quel point vivre ce profond état de bonheur comble une vie ; un état psychologique et physique devenu primordial pour chacun d'eux. Le bonheur éprouvé de manière prolongée leur avait permis d'en apprécier les effets, de s'en nourrir et s'en délecter ; il avait embaumé l'être qu'ils sont, et eux, avaient éclaboussé de ces vertus l'espace environnant, l'entourage humain, animal et végétal. Le bonheur puissant, ils l'avaient vécu dans des contrées opposées et des environnements culturels différents, avant même qu'ils se rencontrent.

Amtziri et Germain sont emplis de la même beauté intérieure et des mêmes convictions. D'ailleurs, ces dernières avaient stimulé leur projet de divulguer les stupidités qui leur sautaient aux yeux. C'est leur curieuse homogénéité qui renforça leur lien et le couple d'amis soudés qu'ils étaient en train de devenir.

*

Ces deux éveillés à l'esprit ouvert ont la même particulière vision du monde. D'après eux, la plus belle des planètes avait déjà dû subir la déviation humaine contre nature dès la préhistoire. À n'en pas douter, dès les prémices d'une première évolution révolutionnaire de « l'homme ». Selon ce qu'ils entrevoient, en abandonnant la voie légitime d'une vie itinérante de chasseur-cueilleur, en inventant un nouveau mode de vie sur la base de la sédentarisation au travers de l'agriculture et de l'élevage, l'espèce humaine s'est alors orientée vers l'éclosion de l'accumulation matérielle puis financière, et enfin, par la technique et le modernisme vers l'artificialité.

Plus d'une fois, Amtziri et Germain avaient imaginé comment cela avait dû s'engendrer. Ils percevaient alors ces êtres humains du néolithique, se dénaturant, engrangeant les premières richesses. D'abord avec de menus outils et des produits pouvant s'échanger qu'ils amassaient, puis par le bénéfice économique que ce stock engendrait.

D'une commune pensée, ils savaient aussi souligner que parmi toute la diversité des espèces vivantes qui existaient alors, une, et une seulement, s'était dénaturée : une branche de l'Homo sapiens. Au tout début, en profitant de quelques opportunités de circonstance, mais très vite, en exploitant un réel désir de dompter le monde naturel pour son seul avantage. Avec, au fur et à mesure, une manière chaque fois plus narcissique de faire prévaloir la vie. Aux yeux du duo d'amis, l'égocentrisme s'accentua alors proportionnellement à la richesse qu'un pouvoir engendrait au sein même de la tribu, puis au sein de la cité lorsqu'elle conquérait de force les tribus alentours. Cela avait été, d'après l'entendement des deux jeunes analystes, les premières tumeurs malignes. Avec le temps, l'émergence des civilisations multiplia les infections. Au fur et à mesure de chacun des progrès artificiels, les tumeurs gangrénèrent les organes vitaux de la belle boule bleue. À un point où, dans les derniers instants de la vie moderne, on diagnostiquera un cancer humanoïde généralisé sur tous les écosystèmes vivants, mais aussi inertes, de la planète.

Si Germain et Amtziri avaient vécu dans l'antiquité grecque, ils auraient pu être des adeptes de « l'école philosophique cynique », aujourd'hui disparue vu l'humanisme radical des individus actuels. Ils ont tous deux conscience que la plus extraordinaire des planètes se fait mettre à sac depuis l'apparition des civilisations. À chaque fois plus sévèrement au fur et à mesure des progrès techniques et médicaux de ces derniers siècles. Ils imaginaient l'originel qui avait vécu le parfait équilibre durant des millénaires. Maintenant, ils le voient se mortifier à vue d'œil au fil des dernières décennies. Chaque invention, aussi magnifique qu'ingénieuse pour l'individu, s'avère en fait contre nature et nuisible pour l'écosystème. Comme ces concepts innovants dont leur seule allusion ne sert qu'à apaiser l'exaspération de toute une catégorie d'individus arcboutés sous les contraintes du « corridor », s'aperçoivent Amtziri et Germain. Tels les concepts que l'on nomme aujourd'hui « verts », comme ces étendues monocultivées pour produire de la biomasse et dont leur usage est une autre exploitation réductrice de toute la nature sauvage, ou bien l'élogieuse appellation « bio » pour des produits qui, se nourrissant dans la terre et dans la pluie toujours contaminés, ne sont pas véritablement sains, ou tels ces énergies que l'on qualifie de renouvelables mais dont les appareils qui les captent, les transforment et les distribuent sont faits de matériaux nuisibles, ou tous ces véhicules quels qu'ils soient mais électriques dont leurs seules batteries éventrent les terres et détruisent l'écosystème sur d'immenses zones, pires encore ces concepts écologistes et de biodiversité en apparence bienfaisants de la voix des États et des multinationales, mais qui entre leurs mauvaises mains de prétendus protecteurs se transforment en manœuvres autoritaires et tyranniques axées sur la rentabilité financière. En définitive, chacune des décisions de l'humanité handicape la planète, et toutes ses attitudes protectrices ne restent qu'humanistes et donc contre nature ; tout comme ses remèdes et ses vaccins qui accentuent une pression démographie humaine déjà monstrueuse. Aux yeux de Germain et Amtziri rien n'arrête les abominations de « l'homme » moderne ; en tant que bon impérialiste, il prend possession et colonise la presque totalité des terres de la planète, de façon injuste, dépouillant ces endroits de la Vie native, pillant toute poussière, toute gouttelette jusqu'au plus profond des océans, ces trésors indispensables pour perpétuer son furieux mode de vie. Au bout du compte, chaque acte des citoyens amenuise aussi l'existence des sociétés humaines.

{— Effectivement, lui dis-je, ce sont deux drôles d'énergumènes, avec une bien rare vision étendue de l'humanité à l'intérieur de la vie sur Terre, qui ont eu l'heureuse opportunité de se rencontrer !

— Un beau hasard, oui !

Sophie souriait, et son esprit vagabond accompagnait son regard perdu dans le vague, les yeux levés vers un ciel bleu à peine clairsemé de rares nuages doux et blancs. Un long silence nous avait suspendus dans nos songes.

— Écoute ! Germain revit une anecdote vécue peu avant son retour vers la France. Elle représente bien ces combats ardus, pour ne pas dire perdus d'avance, contre les incessants assauts des développeurs du « corridor ».}

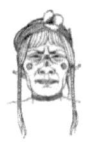 # Les « pourparlers »

— Ils ont été tués, me crie-t-il.

Uttufasi m'a reconnu depuis l'autre rive. Accompagné de trois autres pirogues, il navigue à vive allure entrainé par le courant. Debout dans l'embarcation, il gesticule à mon intention. Ses signes m'informent qu'ils descendent rejoindre le village en contrebas. Aucun d'eux ne porte la joie. Leurs traits sont figés. En plus de la douzaine de personnes, les pirogues contiennent de grands faitouts d'aluminium remplis d'aliments précuits. Ils sont calés de quelques régimes de bananes plantain, ce qui signifie que leur déplacement durera plusieurs jours.

Je faisais une halte sur la rive opposée, installé sur une petite plage de sable blanc dont les grains sont en partie amenés par des tempêtes nées loin d'ici, sur l'autre continent, du côté du Sahara. La veille, j'avais entrepris de remonter le courant quelques jours, sans aucun autre but que profiter de chaque instant. Cela fait partie de mes habitudes lorsque de temps à autre je visite mes amis de l'ethnie A'i. J'y suis venu pour prendre du bon temps et me ressourcer dans une forêt tropicale au bord de rivières sombres et calmes. La vie simple me redonne du baume au cœur ! Il s'agit d'un retour à la vie sauvage que tout mon être réclame après un trop long laps de temps passé dans le tumulte et la folie d'une ville.

Tôt le matin, la famille qui m'hébergeait m'avait laissé leur emprunter une petite pirogue. J'avais navigué la journée entière, souvent les yeux écarquillés vers la cime des arbres qui formaient une voûte au-dessus du cours d'eau.

Les hauts feuillages en contre-jour découpaient un ciel bleu azur. J'avais fait glisser l'embarcation lentement sur une eau d'huile. J'avais tiré la pagaie sous l'eau avec une précaution infinie pour n'émettre qu'un à peine perceptible son liquide afin que tout ce que je suis, profite de ce lieu et de ce moment rare, si apaisant. Mon ouïe, attentive, avait alors capté ce que l'orée de la forêt me transmettait : des cris d'oiseaux, d'autres de singes, un miaulement rauque... J'avais laissé courir mes émotions et mon émerveillement. Au fur et à mesure des heures, la joie de rejoindre autant de beauté avait exalté mes sens. Ma peau, libérée de ses frusques, s'était réadaptée au milieu sauvage, et mes capteurs sensoriels avaient repris vie. Mon esprit et mon corps étaient revenus à leur essence, réactivant une nouvelle fois le contact avec la nature essentielle. La VIE avait alors fait renaitre en moi des bouillons d'excitations, et enfin une merveilleuse sensation de bien-vivre m'avait envahi. Le bonheur avait ainsi repris sa place sur le piédestal de mes émotions internes ; j'en avais bien besoin !

À la tombée du jour, l'atmosphère humide fraichissant ma peau, j'avais réchauffé l'ambiance d'un feu de bois bien garni. L'estomac rassasié, je m'étais blotti au fond du hamac tendu entre deux arbres, l'esprit bien là, presque dans les nuages, libre de toute obligation citadine. La nuit s'était écoulée parmi les bruits de la jungle. La plupart des mouvements sonores ne m'étant plus étrangers – nombre d'animaux et de végétaux s'agitaient la nuit – j'avais pu dormir à poings fermés, l'esprit tranquille.

Au petit matin je repris le contre-courant. Auparavant, j'avais pris soin d'amarrer à l'arrière de la pirogue un fil de nylon terminé d'un assez gros hameçon. Je trainais ainsi un petit poisson plat que j'avais réussi à pêcher en même temps que je préparais la première victuaille de la journée. Une paire d'heures plus tard un gros poisson se ferra de lui-même : un poisson-chat, un Mâchoiron jaune de près de deux kilos.

Sur la petite plage à la sortie d'un virage de la rivière, je m'appliquai à bien le griller sur la braise. L'odeur prenante aviva mon appétit. J'étais en train de le dévorer, lorsque j'entrevois quatre pirogues à l'instant où Uttufasi me crie ces mots emplis de fureur. Tous ont le torse et le visage peint de motifs géométriques particuliers. Ils sont parés de coiffes faites de plumes multicolores et de colliers chargés de dentitions animales. Les gestes expressifs d'Uttufasi m'enjoignent alors de les rejoindre là-bas, au village.

Je restai un instant privé d'esprit. Puis la raison daigna m'aider à assembler les éléments d'un puzzle. Arrivé trois jours auparavant chez mes amis, j'avais pris connaissance des derniers déboires qu'ils doivent à nouveau subir d'une compagnie pétrolière et de représentants du gouvernement. La communauté A'i se bat depuis de nombreuses décennies pour continuer à exister. Uniquement intéressée par le profit aveugle qu'elle peut tirer d'un lieu, assoiffée de bénéfices colossaux, la gent se félicitant de sa modernité et de sa « civilité » sème son poison un peu partout sur ce territoire. Le cocktail mortel commence par l'appropriation, de force, des terres habitées avec un évincement complet des habitants premiers, puis il s'achève par une destruction du lieu, toujours sous le couvert des lois injustes des civilisations ; lois arbitraires instaurées par leurs propres soins et pour leur seul bénéfice, sous leurs beaux adages de démocratie, de liberté, d'égalité et de développement.

Taita Ttesi'su, guérisseur reconnu parmi les siens, grand défenseur de sa culture, de ses congénères et de leur territoire, m'avait relaté les faits. À deux reprises durant le mois passé ils avaient réussi à bloquer l'avancée d'une piste. Contre leur gré et sans leur permission, cette voie était conçue pour pénétrer la forêt pleine de vie et pour installer une extraction de pétrole assassine. Partout où cela a déjà été mis en place non loin de là, le désastre demeure conséquent, plus rien n'y survit.

Malgré la rage et la haine que chacun pourrait trouver en lui dans ce cas précis, Tayta Ttesi'su restait calme et pondéré. Son langage posé montrait la sagesse d'esprit qu'il portait en lui, sans doute due à son grand âge. Ses rides et sa peau tachetée ne laissaient pas de doute à ce sujet, au contraire de ses cheveux encore nombreux et noirs.

La veille de mon départ sur la rivière, il était parti rejoindre une réunion de plusieurs représentants indigènes qui regroupaient diverses ethnies. Des chefs de tribu et des guérisseurs devaient s'y retrouver, mais aussi un élu local et un connaisseur des lois, tous deux de l'ethnie A'i. Tous étaient soutenus par des anciens, considérés comme des sages. « En plus des A'i concernés, se joindraient les représentants d'ethnies voisines, m'avait commenté Taita Ttesi'su : les Siona, les Murui, les Inga, les Kamëntšá ». D'après lui, il était probable que soit prise la décision d'aller manifester leur désapprobation directement auprès des autorités de la ville, à près de quatre heures de là.

C'est la seule image du puzzle que je pus me constituer au moment où je tentai d'interpréter la terrible vocifération d'Uttufasi. 'Que s'était-il passé ? Qui est mort ? Qui a tué ?'

Un terrible tressaillement ébranle alors tout mon être. La peur que des amis ne soient plus de ce monde me serre la gorge et me prive de la possibilité d'avaler le morceau de poisson. Nerveuse, ma dentition l'avait pourtant réduit en bouillie. Mon ventre se contracte. La frayeur me submerge et tétanise les muscles. Mon bonheur disparait.

Arrivé au village, je suis affligé par tant de cris et de pleurs. La population est abattue. Ceux que j'entrevois ont le visage éteint et les yeux luisants.

Dans le carbet de mes amis, je comprends que Taita Ttesi'su, ce cher homme qui m'avait pris sous son aile, n'apparaitra plus jamais. Je suis anéanti ! Quelle sale vie celle des petites gens honnêtes qui ne rapportent pas suffisamment de capitaux aux maîtres du monde !

Une mauvaise nouvelle en amenant une autre, des coups de massue me sont assénés l'un après l'autre. Cinq autres indigènes sont morts, dont Tsjuanoca. Quel désastre ! Une femme si généreuse ! Avec son mari, elle avait toujours pris soin de moi lors de mes longues visites où j'appréhendai leur monde du Yagé. J'imagine alors dans quel état doit se trouver Taitá Jënÿá. S'en relèvera-t-il ? C'était un couple formé pour toute une vie ! Et ses enfants ? Quel horrible deuil !

Six indigènes. Chacun, une figure centrale dans son ethnie. Six personnes âgées ; des sages, des êtres remarquables. Toujours bienveillants, sans jamais un mot violent pour leur asservisseur, confiant que la haine des gens artificiels s'estompera dans le temps. Six personnes Humaines avec un très grand H, disparues.

Au milieu des pleurs et des plaintes, je rejoins le meilleur ami de Taita Ttesi'su. Il est accablé. Je lui quémande malgré tout l'explication de ce qui s'est produit :

— Après la réunion des communautés indigènes voisines, il avait été décidé que le lendemain une délégation se déplacerait. Huit représentants sont partis établir des pourparlers. Ils avaient été prévus par le biais des autorités locales, en accord avec l'entreprise d'extraction de pétrole. Elles en avaient été averties et les attendaient. Sur le chemin, un contrôle de police leur a tiré dessus. Six représentants indigènes sont morts. Deux ont réussi à s'enfuir. Ils sont actuellement cachés dans la forêt car ils connaissent la vérité des faits. La police affirme s'être défendue de ces voyous.

— Mon ami, lui ai-je argumenté, c'est leur humilité face au monstre moderne barbare qui les a tués.

 # L'analyse

Germain et Amtziri connaissent bien les deux côtés du « corridor », l'intérieur, mais aussi l'extérieur. Ils sont ainsi les témoins des modes de vie de deux différentes lignées évolutives de l'Homo Sapiens Sapiens. Depuis maintenant quelques millénaires, elles avancent côte à côte. Chacune selon son évolution sur son chemin singulier. L'un, naturel et ouvert à l'universel ; l'autre, fabriqué et arbitraire, replié sur sa seule espèce humaine développée avec ses plantes et animaux conçus de sa seule initiative.

Pour ce qu'ils peuvent comprendre, la branche originelle s'est satisfaite d'un axe instinctif corrélé avec la biodiversité tout au long de milliers d'années. Elle a toujours évolué dans l'authenticité et l'essentiel, sans que ces « hommes » sauvages ne cherchent à posséder trop, ou beaucoup mieux que ce dont ils ont besoin pour vivre de belle manière. Et cela, pensent étrangement Germain et Amtziri, durant encore les derniers siècles, alors qu'à côté les civilisations vivaient leurs extravagances. Cette lignée Humaine naturelle a avancé ouverte à toutes les vies et a fait en sorte que la diversité biologique perdure. Encore aujourd'hui, elle poursuit sa vie dans des contrées chaudes, d'autres tempérées et aussi dans certaines très froides. Au fil des générations et des siècles, ces Humains premiers ont développé des aptitudes, des facultés, des connaissances, des langages, des techniques, des modes de pensées, des croyances, tous aussi nécessaires à une vie de plénitude adéquate que leur indispensable méthode ancestrale de conserver leur milieu vital.

La branche artificielle, elle, – opinent Amtziri et Germain – tout au long de ses évolutions s'est opposée plus farouchement à la philosophie des peuples sauvages. Des carottes l'ont stimulée à s'ancrer dans l'artificialité, à poursuivre sans relâche ses ambitions obsessionnelles : posséder toujours plus et ainsi satisfaire son côté égocentrique, aller toujours plus loin et assurer sa supériorité. Aujourd'hui, ces pompons lui font se démener avec plus de véhémence et de convictions pour inventer et fabriquer d'autres artifices supplémentaires, d'autres remèdes d'autant plus révolutionnaires, d'autres preuves de sa suprématie.

Amtziri et Germain colportent dans leur entourage la même opinion : par sa séparation avec le naturel, « l'homme » installa la porte d'entrée après laquelle il construisit son « corridor », son chemin étroit. Les avancées modernes accentuèrent le matérialisme, le désir de rentabilité, la fierté scientifique, l'éducation contrôlée et la domination. En a découlé une voie plus emmurée et plus mégalomane. N'agissant plus que pour la gloire de son monde, les progrès technologiques, industriels et financiers renforcèrent ses murs.

Selon leur entendement et ce que tous deux peuvent observer, l'essor prépondérant des civilisations colonise dorénavant les derniers territoires originels et accentue l'ampleur d'un monde interdit aux vies sauvages. Ainsi, lors de ces deniers siècles surviennent à tous instants les chocs, les croisées des deux chemins, les rencontres inévitables entre les deux lignées humaines mitoyennes. L'impérialisme des civilisations se déploie ainsi, avalant des alentours chaque fois plus lointains. Ce qui fait percevoir, à Germain et Amtziri, le monde artificiel comme une masse sombre et visqueuse, se régénérant à l'infini et engloutissant tout sur son passage. Pour les habitants premiers c'est, encore aujourd'hui, une rencontre contrainte autoritaire, bien souvent assassine. Germain et Amtziri, informés au quotidien de ce terrorisme incessant tenu sous silence tout autour de la planète, se sentent eux-mêmes meurtris, dépités par l'impuissance des ethnies face à des états soudés entre eux et, malheureusement, pas justiciables – d'une commune connivence, ils élaborent leurs propres justifications intouchables.

L'humanité industrialisée défait la nature, la contraint et la transforme à son profit. À l'aide de fausses théories attrayantes, les maîtres du monde maquillent leurs monstruosités. Convaincus par une pléthore de chercheurs et de scientifiques, ils s'amusent aux apprentis sorciers. Et finalement, nous tous, par le biais de nos votes – nos autorisations – nous façonnons le trou béant au bout du « corridor ».
Avec ironie, il arrivait à Amtziri d'exprimer sa typique remarque :
— Et la santé de la planète s'aggrave !... Malgré les sciences médicales si développées, aucun vaccin, aucun remède n'est à l'étude pour éradiquer ce malheureux fléau, ce cancer humanoïde qui nous mène pourtant tous contre le mur !
Et Germain d'ajouter :
— Pour un tel vaccin, il faudrait des financements. Or, l'argent est l'instigateur de ce mal ! Lol !

Le fait de s'exprimer entre eux deux, dans le même courant de pensée et à haute voix, réconforte les deux amis. Chacun d'eux, isolé sur son côté de la vie, s'était senti seul au monde en possession de ce type d'analyse à propos du genre humain. Jusqu'à leur rencontre, ils n'avaient trop osé exprimer leur point de vue en solo face à des milliards de pantins. Ce repli sur soi avait été dû à l'éventuelle frustration de ne pas se faire comprendre. À la crainte, aussi, de reproches et de railleries arbitraires de la part d'un auditoire trop ancré dans l'éducation « corridorienne », exacerbé par de tels propos anticonformistes. Car la foule moderne, pensaient Amtziri et Germain, par sa vision erronée de l'essentiel, engoncé dans une éducation trop manipulée, ne pouvait atteindre une largeur d'esprit ouverte au sens de l'équité pour tous les êtres.

L'île paradisiaque

La paire d'amis passait quelques jours ensemble.

Amtziri lui avait proposé de l'accompagner sur une destination lointaine, dans un endroit différent de ce qu'il avait connu jusqu'à présent, une île superbe. « À coup sûr cela te plaira », lui avait-elle lancé afin de le persuader.

Leurs échanges, qui avaient surtout concerné leur vie aventurière et intellectuelle, avaient soudé leurs liens en une belle et solide amitié. Chacun aurait pu avoir vécu la vie de l'autre tant leurs histoires se rejoignaient. Amtziri avait ainsi grand plaisir à passer du temps en sa compagnie. Ils se comprenaient à la perfection et riaient beaucoup de leurs raisonnements farfelus à propos du monde humain. Elle avait réussi à l'emmener avec elle, sans trop d'effort à vrai dire. Cet heureux évènement l'avait comblée et l'avait excitée.

Amtziri n'avait jamais eu l'occasion de passer beaucoup de temps en compagnie d'un homme, hormis durant ses plus jeunes années avec ses frères et son père. Pour suivre des études qui lui avaient tenu à cœur, elle avait quitté le foyer familial assez tôt ; chose qui avait fait frémir ses parents. Ces études lointaines n'avaient pas fait partie de ce qu'ils avaient projeté pour elle. L'éducation qu'ils lui avaient prodiguée provenait d'une culture traditionnelle tournée vers le sens de la famille et les coutumes patriarcales. Mais ce couple berbère anticolonialiste, vivant sous le joug des lois imposées par les Arabes, avait compris l'esprit de liberté intellectuelle et d'émancipation que convoitait leur fille. Une compréhension étayée surtout par la bonne cause qu'elle rêvait de défendre : la reconnaissance des minorités indigènes dont ils faisaient partie.

Amtziri portait en elle un fort sentiment d'indépendance. Depuis toute petite, ses parents avaient pu entrevoir le genre de fille qu'ils avaient mis au monde. Une gamine de caractère, hors norme dans leur communauté, qui aspirait à maîtriser sa vie de A à Z. C'est ainsi que ses parents durent s'incliner, au moment fatidique où Amtziri imposa son choix de les quitter pour entreprendre des études spécifiques en France. Sa tante habitait ce pays plus développé et l'avait assurée de son aide. À ce moment-là, Amtziri s'était sentie prête à assumer sa nouvelle vie, prête à travailler dur pour parvenir à ses fins.

Elle se sentait reconnaissante envers ses parents. Ils avaient su enfreindre les lois tribales pour émanciper leur fille vers la connaissance des systèmes de luttes intellectuelles. Amtziri se savait privilégiée. Rares sont les filles qui peuvent s'extraire de leur monde machiste dans sa tradition. C'est la conscience de cette extraordinaire opportunité qui l'avait maintenue concentrée, avec ténacité, dans ses études de sociologie, puis dans ses déplacements professionnels de par le monde. Ceci sans jamais oser prétendre à du bon temps pour se distraire, ou même entreprendre une relation amoureuse.

Amtziri se sentait satisfaite de sa route professionnelle tracée par ses propres soins. Mais aussi heureuse car, cette fois-ci, elle se faisait accompagner d'un homme pour qui elle ressentait une curieuse attirance. Elle aimait se sentir proche de Germain, et n'hésitait pas de temps à autre à s'accrocher à son bras, ou à se coller à son épaule sous un quelconque astucieux prétexte. Cela décuplait ses ressentis. Son pouls s'accélérait et des fourmillements lui étourdissaient les sens. La découverte de ces effets la faisait rire de toutes ses dents, ce qui frustrait Germain, il ne comprenait pas ces sautes d'hystéries joyeuses.

Pour la troisième fois, elle se rendait sur cette île. Le dépaysement était complet en comparaison à sa région natale, aride, avec comme seule dominante de couleur celle du sable et de la terre desséchée – un brun tirant vers l'orangé à quelques rares endroits, mais le plus souvent comme un gris délavé ; une couleur assez uniforme à perte de vue, où les quelques habitations de pisé se fondent dans une unité à peine contrariée par des végétaux épineux.

— Là où nous allons, lui avait-elle commenté, il y a du bleu outremer et du bleu turquoise lorsque l'on regarde côté océan ; du blanc étincelant sur les plages et sur les allées entre les habitations en bois ; du vert intense lorsque l'on se tourne vers la forêt. Il y fait chaud, mais humide aussi. Et les autochtones qui habitent cette île isolée, au bord d'un archipel tropical entre les mers des Salomon, de Banda et des Philippines, persistent à rester autonomes et accrochés à leur mode de vie traditionnel. La vie y est paisible tant qu'on les laisse tranquilles, lui avait-elle expliqué. Leur vie est entrecoupée de moments dédiés à la pêche, à l'agriculture familiale, à la famille et à la cuisine, à l'entretien de leur environnement. Ces indigènes ne possèdent pas grand-chose de matériel. Il n'y a ni eau courante ni électricité. Pourtant on voit bien que dans ce qui semble pour nous un dénuement, eux vivent dans un réel bien-être. L'humour parait inné en eux ; ils rient à tout va, profitent de chaque instant, s'appuient et s'entraident. Ils sont des êtres épanouis. Ils ne connaissent que leur île et les quelques îlots tout proches. Ils s'y sentent bien et ne ressentent nul besoin d'aller voir ailleurs. Est-ce étrange ? Non ! Leur petit paradis leur suffit. Ils vivent dans leur monde naturel, avec leur croyance animiste, leur culture millénaire, leur nécessaire vital qu'ils prélèvent à l'environnement sans excès. Ils vivent entre eux, enfants de la Terre et de la Mer. Ils vénèrent ces « parents-là » qui les nourrissent, les abritent, et leur apportent au plus profond d'eux-mêmes un plaisir de vivre indispensable. Il est ainsi logique pour eux de chérir et protéger leur biotope, encore plus amoureusement que ne le font les individus matérialistes pour un amas d'or dans leur monde. Ils ont conscience de la civilisation alentour sans bien la connaître. La principale connaissance qu'ils en ont est les désagréments que viennent semer les colonisateurs. Mais aussi les commentaires que rapportent des membres de leur communauté ayant choisi de livrer bataille au cœur même de la tumeur.

— Depuis quelques années – Amtziri lui peignait tout un tableau de ce qu'ils allaient trouver, et Germain écoutait avec intérêt, silencieux –, les villageois alimentent une cagnotte communautaire à des fins utiles en relation avec le « corridor ». Ils nourrissent ces fonds des seules ventes de leur artisanat pour lequel ils détiennent un savoir complexe de fabrication. Les pécules leur servent à financer de longues études à leurs jeunes les plus aptes. Pour la communauté, c'est le meilleur moyen, via leurs propres membres, de se défendre contre les assauts incessants de la société moderne. Cette manœuvre leur a permis de faire surgir deux avocats ; depuis, ils travaillent de façon énergique pour la cause des minorités. Trois enseignants se sont vus aidés dans leurs études et donnent à présent des cours dans leur propre langue à deux endroits différents de l'île. Un conseiller municipal bénéficie aussi des économies régulières, et transmet la voix des siens au sein même du centre névralgique de leur ennemi. Ces précieuses aides leur ont permis d'expulser, enfin, les religieux trompeurs et fourbes. Ils s'étaient incrustés là, et avaient tenté de leur faire abandonner les croyances animistes millénaires, mais aussi leurs traditions exemplaires. Ces bonimenteurs s'étaient installés par la force de leurs convictions, avec l'insolente volonté de graver coûte que coûte, dans leur esprit et leurs comportements, une religion inappropriée à leur mode de vie. Pourtant, les croyances animistes faisaient leurs preuves depuis la nuit des temps. Ces intolérants, avec le soutien des autorités continentales, avaient usé d'un stratagème scabreux en vogue partout dans le monde sur ces types de populations. Au prétexte d'une meilleure éducation, ils avaient arraché, volé aussi, de jeunes enfants à leurs parents pour les installer dans leur mission éloignée de l'île, sur une autre terre, afin de les endoctriner de force à l'abri de leur communauté. C'est ainsi que ces innocents perdent rapidement leur culture jusqu'à arriver à renier la logique du vivant et leur propre famille. Les parents traumatisés ne les revoient plus. Les adolescents déculturés deviennent des zombies errants perdus entre deux mondes : leur premier qu'ils ne comprennent plus, et le second qui les dédaigne. Ce sont ces aidants, combattant à l'extérieur, qui leur ont permis, aussi, de contrecarrer les desseins capitalistes, destructeurs, de grosses entreprises minières. Affamées de minerais précieux, indifférentes à dévaster des terres sauvages et magnifiques, elles avaient essayé de s'installer sur l'île sans se soucier des habitants. Pour ces gourmands insatiables, les terres convoitées valent plus pour leur compte en banque que pour la vie biodiversifiée pourtant nécessaire à la bonne marche de la planète. Les insulaires n'ont pas d'autre solution que de se battre sans cesse ; ils mettent en place tous les moyens possibles pour protéger leur environnement où s'épanouit leur vie, mais aussi celle des plus petits insectes au plus grand singe, des plus petites mousses aux plus grands arbres, des plus petits ruisseaux à la plus grande cascade. Par l'intermédiaire de leurs instituteurs autochtones, ils cultivent dorénavant leur savoir et leur langue. Comme depuis des millénaires, leur culture constitue le maillon fort de leur autodétermination, de leur fierté, de leur incomparable savoir-vivre. Pour eux, seul le respect envers TOUT le naturel fait que le plus adapté des systèmes de vie fonctionne à la perfection.

— Malheureusement, lui avait-elle commenté, seuls, ils ne peuvent se défendre sur des problématiques bien plus complexes. Telle la destruction débridée des réserves de poisson sur leurs côtes par des bateaux ratisseurs de fonds – ces navires pilotés des mains de capitaines peu scrupuleux et trop intéressés. Des problèmes encore bien plus difficiles, voire impossibles à combattre, comme la montée des eaux – due au fameux réchauffement climatique – qui tous les ans grignotent leurs terres.

— Un réchauffement créé par QUIIII ?, lança Amtziri, joyeuse d'intégrer son complice d'esprit.

— L'humain et sa CI-VI-LI-SA-TION !!, s'esclaffa Germain !

Ils rirent de leur connivence. Lui, riait aussi de l'enthousiasme qu'elle déployait pendant ses propos, utilisant de nombreuses mimiques par moment caractérielles et par d'autres joyeuses. Il affectionnait son ardeur à raconter des faits qui l'insurgeaient ou l'émotionnaient. Il la voyait comme une boule de vie, pleine de joie intérieure et de passion. Il la voyait belle comme un papillon bleu voletant sous des rayons de soleil, pressé d'accomplir son devoir d'une vie trop courte.

*

Amtziri et son compagnon de route débarquèrent sur cette île paradisiaque. L'entité internationale des ethnies minoritaires l'y mandatait pour la troisième année consécutive. Amtziri accomplissait ainsi des missions en tant que sociologue, pour étayer les batailles de plusieurs ONG Humaines. Ces mandats lui permettaient de mener à bien ses ambitions tout en gagnant de quoi subvenir à ses besoins. Son travail, pour cette fois-ci, consistait à décortiquer les conséquences de la diminution des poissons et de la montée des eaux sur la vie, l'humeur, la santé et la culture des habitants séculaires de ces terres-là. Chaque année, elle en ressortait un nouveau bilan plus alarmant. Avec une myriade d'autres du même acabit, en provenance de bien d'autres ethnies tout autour de la planète, les constats confirmaient la réalité désastreuse dans laquelle les civilisations mènent tous les vivants. Ils justifiaient surtout la nécessité et l'urgence de déléguer la protection de l'environnement aux indigènes, seuls Humains réellement aptes à cette responsabilité après des millénaires d'efficience. Le monde moderne, lui, démontrait toute son inefficacité à l'exercer.

Germain profitait de ce court séjour pour apprécier la zone. Il s'imprégna de la belle population et de cette nature exubérante. À plusieurs endroits sur l'île, mais principalement sur la côte, les habitants s'étaient implantés en diverses communautés. Dix à vingt paillotes sur courts pilotis composaient des petits hameaux. Germain se déplaça d'une habitation à une autre par des allées de sable nettoyées de toute végétation. Les nuits d'une pleine lune étincelante, le sable blanc réverbérait une puissante aura lumineuse d'un blanc pastel qui permettait de voir comme au cours de la journée, mais dans l'ambiance feutrée d'une douceur théâtrale et envoûtante.

Les insulaires, de peau brune, habillés de longs pagnes aux dessins multicolores, irradiaient leur joie de vivre, plaisantant à tout va. Leur curiosité envers cet étrange jeune homme à la peau blanche, ainsi que leur intime bienveillance leur firent rapidement perdre timidité et méfiance. Ainsi, par des mimiques gesticulées, par des dessins à l'aide d'un bâtonnet à même le sable blanc, par des rires et des cris joyeux, ils communiquèrent avec Germain qui ne connaissait pas leur langue.

Ces quelques jours dans cet autre monde lui rappelèrent ses années passées en Amérique latine, pourtant à l'autre extrémité de Terre. Il se souvint des communautés aux modes de vie similaires, possédant la même joie intérieure, le même respect profond envers tout ce qui les entoure et les fait vivre. Fait curieux, ces insulaires côtoient les mêmes types de règles de vie, au travers de croyances animistes aux mêmes grandes lignes. Germain venait de découvrir une nouvelle population qui ne se sentait pas en accord, et encore moins en symbiose, avec le « corridor ». Une autre ethnie consciente de ses atouts, préférant une vie simple mais harmonieuse, s'estimant emplie d'une richesse intérieure qui comble ses aspirations.

 # Le forum

C'est durant leur voyage de retour qu'ils s'entretinrent au sujet du contenu de leur site « unespeceacomprendre.inf ». Chacun d'eux exposa sa contribution, exprima sa vision de l'objectif, et commenta les diverses interventions extérieures qui, peu à peu, lui avaient fait prendre de l'ampleur.

Amtziri était intéressée, plus que son ami, par le partage et l'échange avec des personnes lointaines de cultures variées. Au fil des ans et au fur et à mesure des rencontres internationales, elle avait su tisser tout un réseau de contacts. Il lui avait donc été aisé de profiter de ce qu'elle avait nommé « un petit trésor », pour engager, par le magique biais de la Toile, quelques conversations philosophiques. Tout autour de la planète, elle avait ainsi incité ses interlocuteurs à s'exprimer sur leur tout récent forum, au travers de réflexions qu'elle espérait plus réalistes qu'utopistes.

Dans le hall de l'aéroport, avant d'embarquer le vol de retour, Germain s'était empressé de connecter son ordinateur au réseau Internet. Il ne pouvait contenir plus longtemps sa curiosité. De nouvelles interventions s'étaient matérialisées sur leur site. Il eut le temps de survoler quelques pages dans lesquelles des écrits l'accaparèrent un moment. Des locuteurs s'étaient exprimés soit au travers de leur analyse du monde d'après ce qu'ils percevaient, soit au travers de réflexions diverses appropriées au sujet choisi. Germain avait ainsi téléchargé le texte d'un « Gaston » pour pouvoir le partager avec son amie. L'écrit lui avait paru des plus osés, donc intéressant, et en même temps dans leur ligne de pensée.

À peine l'avion stabilisé en haute altitude, fébrile, Germain mit en fonction son ordinateur portable. Il voulait dévoiler à sa chère amie la réflexion qu'il venait de découvrir sur leur agora.

— D'un certain « Gaston », lui expliqua-t-il, peut-être un Martiniquais d'après son profil, en tous les cas un érudit à voir la conscience éclairée qu'il nous divulgue. Il a intitulé son texte 'Gaston et sa raison pour la compréhension'.

Il voulut placer l'ordinateur sur les genoux d'Amtziri afin de lui faciliter la lecture. Mais elle souhaita plutôt l'écouter raconter une histoire de vive voix. Germain se contraint à la complaire. Il s'exerça dans un murmure, craignant d'exposer à tout l'entourage de passagers le texte osé, anticonformiste, qui ne cadrait pas avec les saintes valeurs humanistes.

— « Ce qui, à partir du bigbang, origine au bout du compte la vie sur Terre, est une suite de conséquences perpétuelles liées à l'équilibre des choses. Sans l'équilibre survient la chute, la dysfonction, la déchéance, enfin la disparition même de l'existence.

L'Univers se construit et s'épand par l'équilibre ; entre ce qui nait et ce qui n'existera plus ; entre ce qui vit, ce qui survit et ce qui meurt ; entre les forces opposées. Ce qui ne s'imbrique pas dans l'équilibre ne s'adapte pas au processus de la Vie et disparait. Ce qui est équilibré évolue et contribue à la mécanique universelle. C'est naturel ! C'est l'Univers !

La nature n'est en fait qu'une « machine » à fabriquer de l'équilibre par l'autorégulation des choses et des espèces. C'est la force initiale du bigbang qui poursuit sa lancée. Le naturel se renouvèle sans cesse, fait évoluer l'énergie initiale au fil des millénaires. Ce qui n'est plus équilibré se déconstruit pour laisser place à un suivant équilibre amenant de nouvelles merveilles. Une des grandes merveilles de l'Univers n'est-elle pas la planète Terre ? Cette rare boule bleue où fourmille la vie !

La perfection dans son ensemble rend la nature spectaculaire à nos yeux ! Toutes ces beautés naturelles ne sont-elles pas ce qui émerveille les humains ?

Terre a travaillé trois milliards et demi d'années à construire un équilibre général, puis enfin la vie dans une synergie « magique » entre les vivants, entre le vivant et l'inerte, jusqu'à ce qu'arrive Homo sapiens.

La machine à bâtir l'équilibre a façonné une multitude d'espèces vivantes des plus complexes, des plus diverses, mais dans une mécanique instinctive innée en elle. Tous ces vivants se côtoient, se bagarrent, s'entre-nourrissent et s'entraident les uns les autres. La biodiversité se régule ; elle agence l'équilibre existentiel. Elle amène ainsi les vivants à s'adapter à chaque nouvelle circonstance. Par l'intelligence instinctive irréfléchie, innée à chaque être vivant sauvage, par leur imbrication et leur coexistence dans la mécanique de la Vie, chacun pérennise la première impulsion qu'a été le bigbang.

Au travers de milliers d'années, une espèce de grand singe a évolué vers un énergumène doté d'un bien curieux cerveau. Un cerveau intelligent s'il vous plait ! ... le genre Homo, Sapiens Sapiens **(doublement sage et raisonnable)**, *fruit de plusieurs évolutions.*

Aujourd'hui, l'humanité moderne est un Homo sapiens transformé et planifié de sa propre initiative. Industrialisé, artificialisé, il enveloppe maladivement, comme une moisissure, la fine et délicate brindille Terre au milieu du colossal arbre Univers. Et voilà donc arrivé le petit problème bien enquiquinant dans l'immensité du sidéral. Mais surtout un problème bien trop encombrant dans la fragile petite planète bleue.

Mais voilà, maintenant qu'ils se disent développés, qu'ils déséquilibrent la Vie dans son absolu en mettant à bas tout un processus naturel millénaire, ces messieurs-dames-là ne veulent pas disparaitre comme il est toujours advenu des déséquilibres. Surtout pas au nom des lois de la nature, au nom du respect de la vie des millions d'autres espèces, au nom de la loi universelle. Non non non !

De toute l'histoire de la vie de l'Univers, voilà le premier déséquilibre qui n'en fait qu'à sa tête ! Les forces de l'Univers ont créé une planète habitable, l'humanité la rend invivable.

Son « intelligence » galopante lui a fait quitter la logique universelle pour s'enfermer dans son monde synthétique. Le naturel est devenu son ennemi juré. Il le pourvoit d'ailleurs de noms tels que « sauvage » à connotation péjorative ces derniers siècles. Raison pour laquelle l'être des civilisations aime traiter du même nom tout autochtone naturel. En fait, un besoin viscéral de se sentir au-dessus de tout, et de se persuader de sa bonne gloire. Lui, l'humain artificiel, se considère l'être suprême incontesté sur Terre, l'être intelligent s'il vous plait ! Le Grand conquérant ! L'impérialiste ! Et il en est fier le mégalo !

Chaque jour, son « intelligence » consolide davantage sa bulle, par les piliers faits de capitaux et de pouvoirs, et que « l'homme » renforce sans cesse afin de soutenir sa suprématie grandissante.

De sa monnaie artificielle, il en a fait dernièrement un dieu. L'humain moderne lui a donné vie, mais aussi la mainmise, et aujourd'hui il n'en est même plus le maître mais soit son collaborateur, soit son instrument. Dieu Argent mène l'homme par le bout du nez. Sur toute la planète Terre, et peut-être bientôt jusqu'à Mars, pour « l'homme » développé il n'y a plus que ce dieu-là qui vaille.

Argent. En son nom, toute exaction, tout abus est rentable ; tant pis pour l'éthique environnementale ou la morale humaine. Comble de « l'intelligence », des valeurs sans cesse bafouées depuis déjà fort longtemps. Au nom du profit, tout est dorénavant destructible, corruptible et vicié. Rien ne pourra plus arrêter ce dieu-là, ce problème majeur sans contremesures, si ce n'est, soyons francs et honnêtes, l'entière disparition de l'espèce humaine. Mais qui pourrait l'anéantir, même si c'était un acte sain pour la planète, un acte respectueux pour les autres vivants ? Surtout pas notre science ! Elle neutralise tout virus à notre encontre, toute bactérie spécialisée à l'élimination des excès et au retour de l'équilibre.

Donc... au nom des lois naturelles, de l'Univers, du principe même de l'équilibre pour la Vie ; au nom de la plus belle des choses qu'il soit : le sauvage et tous ses droits ; au nom de tous les millions d'êtres vivants autres que nous, accélérons à son paroxysme notre propre évolution ! Jusqu'au bout, restons fiers d'être dénaturés et ultra-prédateurs ! Finalisons la construction de notre bulle vers une seule entité culturelle ultra-évoluée, hypermondialisée ! Ne nous ancrons plus dans la léthargie des traditions. Ne stigmatisons ni notre présent ni notre futur et vivons chaque jour, avec enthousiasme notre progrès. Puis ainsi, amenons bras dessus bras dessous notre bulle meurtrière au précipice. Au plus vite, avant que nous n'achevions le peu qui pourrait encore subsister de sauvage sur Terre.

Aucun de nous n'ayant la conscience élevée pour nous défaire de notre espèce, existons avec zèle ! En bonne conscience et avec l'aide de notre propre dieu Argent, poursuivons notre route avec encore plus d'assiduité ! Profitons de la vie que nous nous sommes fabriquée ! Élevons la pollution à l'extrême ! Terminons de déboiser le fin fond des dernières forêts vierges ! Finissons d'exterminer les derniers animaux sauvages, les derniers végétaux sauvages, les derniers « hommes » sauvages ! Contre notre volonté intime, mais conformément à celle du dieu Argent que nous magnifions, c'est de toutes les façons le chemin entrepris.
Alors, en bonne conscience, laissons tomber les hypocrites résolutions écologiques naïves, et toutes les inepties humanistes. Elles nous font miroiter de fausses avancées respectueuses, et ne sont utiles qu'à étouffer nos attitudes honteuses. Elles ne servent à rien d'autre qu'à perpétuer notre penchant à la prédation, à reproduire nos mille-et-une attitudes assassines, repoussant ainsi l'instant fatidique. Au contraire, emmenons au plus tôt l'espèce humaine à son extinction. La plus légitime des solutions pour abréger les souffrances imméritées d'une saine nature violentée et de ses innombrables animaux sauvages et végétaux tyrannisés ».

*

Amtziri resta muette. Elle se réfugia dans ses pensées, pesant le pour et le contre, prenant la hauteur nécessaire à propos de la vie sur Terre, à propos de tout l'Univers depuis la première explosion. 'Que serait la planète Terre si l'être humain n'était pas apparu ? Ou si l'humain avait été bien moins bête, mais plutôt tout aussi intelligent-instinctif que chacun des animaux, des insectes, des bactéries, des végétaux ? Effectivement, pensait-elle, l'humanité moderne constitue le grain de sable qui grippe le rouage de l'équilibre et contraint le naturel à ne pas tourner rond.'

Germain s'était lui aussi figé dans son jugement. Il prenait conscience du poids des mots mis à la vue de tous par « Gaston ».

Il entama la conversation en demandant à Amtziri si ce texte la choquait. Il y avait de quoi ! Il s'agissait d'un appel à faire disparaitre l'espèce humaine en toute conscience ! En quelque sorte appuyer sur le bouton rouge et stopper la vie de nos enfants et petits-enfants !

— Sans prendre le temps de la réflexion, cela aurait dû me choquer, répondit-elle, si une éducation corridorienne m'avait contrainte à ne pas voir plus loin que le bout de mon nez et m'avait fait ne considérer que mes seuls intérêts.

Elle ouvrit grand ses yeux verts clairs et les fixa à ceux de son ami.

— Mais non ! Cela ne me choque pas. Il me suffit de remémorer et de prendre conscience que, pendant tous mes voyages de par le monde, je suis témoin des innombrables malheurs que la surpopulation engendre avec toute sa convoitise.

Cette fois-ci, son regard se dirigea vers le haut, le regard ailleurs. Elle resta pensive trois secondes.

— Je pense être perspicace ! Il faudrait que je sois hypocrite pour que l'idée de faire disparaitre l'espèce humaine d'aujourd'hui puisse me choquer. Dans l'échelle des valeurs, elle ne vaut pas plus que toutes les autres espèces qu'elle fait disparaitre ; parce que dans l'écosystème, en y réfléchissant bien, nous ne servons à rien, nous n'avons aucune utilité positive, je peux même affirmer que nous sommes l'unique espèce nuisible sur Terre. Nous ne servons pas, nous desservons la Vie. Par ailleurs, j'ai une grande empathie et une grande estime envers tous ces vivants sauvages. Pour s'être dénaturée, notre lignée humaine pèse d'un seul côté de la balance. Elle ne respecte plus grand-chose. Elle a rompu l'équilibre universel sur Terre. Des milliers d'années déjà que nous sommes là et que nous massacrons. Et puis de toutes les façons, nous ne sommes que des extrémistes seulement de passage sur Terre.

Amtziri se sentit envahie d'un fort sentiment d'impuissance ; elle prit un air triste et consterné.

— Aujourd'hui, nous représentons les tumeurs qui ont atteint tous les secteurs de la planète : forêts, campagnes, rivières, fleuves et océans, montagnes, atmosphère, pôles glacés, orbites terrestres. Au fur et à mesure des derniers siècles, nous avons éliminé toute prédation naturelle à notre encontre : animale, virale, bactérienne. Qui d'autre, à part nous-mêmes, peut faire disparaitre cette anomalie, cette espèce illogique ? Alors, en tant qu'amoureuse et partisane du monde sauvage, prenant conscience de la seule solution qui soit efficiente au stade où nous en sommes, je confirme que le remède au problème est bien de s'éteindre.

L'espoir que la plus belle des choses, la Vie terrienne, retrouve sa pleine santé ne permet plus d'accepter la réalité humaine.
Elle ouvrit grand ses bras et haussa les épaules.
— Et alors que la grande majorité ne souhaite pas la disparition de l'humanité, nous nous trouvons, pourtant, déjà bien avancés sur ce chemin-là par la seule conséquence de ce que nous sommes ; c'est notre paradoxe. Mais il est à parier qu'avant de basculer dans l'abime nous ferons le possible pour prolonger notre temps, et Terre en pâtira d'autant plus !

Amtziri lui fit aussi remarquer à quel point l'explosion démographique humaine est toute aussi extravagante que son mode de vie. Malgré les grandes épidémies dans l'histoire, comme la peste, le choléra et la grippe espagnole, malgré les famines, malgré les maladies mortelles et massives comme le cancer, le sida, la malaria et bien d'autres, malgré les grandes guerres meurtrières de ces derniers siècles, malgré les millions de personnes qui se suicident chaque année à cause du grand mal-être que vivent les populations de par le monde, malgré les millions d'accidents mortels quotidiens ; malgré donc l'énorme quantité de disparitions soudaines, la population humaine continue de croitre sans mesure jusqu'à bientôt déborder de son contenant.
— Imagine, lui dit-elle, si, selon notre plus profond humanisme et notre meilleure science, tous ces millions de personnes n'avaient pas été mortes grâce à une paix mondiale honorable, grâce à un prodigieux progrès de la santé et de la sécurité des technologies. Imagine, si en plus elles nous avaient alors légué davantage de leurs descendances,

à coup sûr nous vivrions déjà la fin de notre espèce, peut-être serions-nous déjà tous à chuter dans l'abime !

Tous deux se regardèrent les yeux dans les yeux, les sourires taquins. Chacun savait comment conclure, et connaissait l'unique constat à cette analyse. À cet instant, ils ressentirent la même envie d'exprimer la même ânerie. Ils ne purent ainsi contenir leur éclat de rire complice, puis lâchèrent à l'unisson :

— Pire que des lapins !!!!

Une nouvelle explosion de rires enfantins les envahit à l'instant où ils firent retentir une forte tape bien sonore entre leurs deux paumes de main levées. Germain ajouta :

— Sacré « Gaston » ! Je suis persuadé que ça va causer sur le site ! Il risque bien de mettre une sacrée pagaille dans ce forum ! Espérons que cela amène de la conscience chez les gens, au pire un beau et intéressant débat !

*

Sur leur site « uneespeceacomprendre.inf », chaque forum de discussion avait accueilli de nombreuses analyses, la plupart pertinentes. « Sumalee », apparemment une femme dans l'âge de la raison et qui se disait vivre immergée dans une mégapole d'Asie (peut-être Bangkok), avait étayé deux principales raisons pour lesquelles la société évoluée ne pouvait ni faire marche arrière ni bifurquer son évolution. L'une, déjà évidente, est l'argent combiné au pouvoir dont il n'est pas pensable que nous nous en affranchissions ; l'autre est la notion extrémiste de l'humanisme qu'il nous est impossible de reconsidérer : « *Un jeune étudie, par exemple en médecine moderne, parce que cette branche l'attire, mais surtout parce qu'il doit trouver un* moyen de faire de **l'argent** et ainsi subvenir à ses besoins. En tant que professionnel, son gagne-pain sera de réussir des actes **humanistes** en faisant perdurer la vie de ses semblables et de ses concitoyens inaptes naturellement. Ces actes-là, même s'ils demeurent beaux pour notre espèce, sont sans équivoque contre nature. Mais si démographiquement ces actes sont illogiques, pour le médecin qu'il est, il lui faut malgré tout assurer sa vie économique, en dépit d'un bon sens qui devrait plutôt être universel, en tous les cas ouvert à l'équilibre du monde. Et il en va de même pour tout chercheur, industriel, ou producteur en masse. Et personne ne pourra empêcher qu'il y ait ces professionnels « exemplaires », bases et concepteurs des sociétés chaque jour plus développées. Sans parler de toutes nos incessantes attitudes quotidiennes qu'il nous est plus possible de supprimer, comme l'utilisation du réseau numérique bien trop énergivore, de tout écran électronique bien trop gourmand en ressources naturelles rares, ou même la domestication des énergies solaires ou éoliennes qui, elles aussi, par leur matérialité artificielle, impactent le monde vivant. Voilà le résultat d'un être humain éternellement insatisfait, modifiant, sans relâche, le cours naturel de la Vie sur Terre.

 Par effet domino, l'évolution technique incessante et l'esprit dominateur inséré au plus profond de chacun, nous ont conduits à nous approprier et utiliser toutes les terres, à exproprier et exterminer le vivant qui y séjournait depuis des millénaires. Nos sociétés ont un besoin, sans cesse grandissant, non seulement d'espace à domestiquer, mais aussi de nourriture à fabriquer pour une espèce chaque jour plus gloutonne. Un besoin grandissant de matières premières pour dix-mille et une choses que chaque jour elle invente et crée en supplément de tout ce *que les individus possèdent déjà. Capitalisme et technicité obligent, ce mode de vie possessif implique, chaque jour, davantage de matériaux qu'il faut bien arracher à la nature, tout comme les éléments synthétiques contaminants qu'il faut bien concevoir. Chaque jour, il est devenu réconfortant d'assouvir de nouvelles pseudonécessités. Qui est prêt pour arrêter tout cela ?*

Personne ne pourra jamais empêcher les inventeurs d'inventer davantage, les industriels de fabriquer chaque jour plus de nouveaux produits, les fournisseurs d'extraire alors plus de matériaux, les commerciaux d'inciter à acquérir plus de nouvelles possessions, les boursicoteurs et les actionnaires de quémander davantage de dividendes. Toutes les nouvelles choses, petites ou présomptueuses, pratiques ou futiles, ne sont-elles pas si merveilleusement désirées et indispensables à notre apaisement psychologique ? La marche arrière n'existe pas dans l'évolution artificielle ! L'éventuel changement de cap vital ne nous convient pas et ne sera, alors, jamais qu'une autre voie matérialiste et humaniste... parce que nous sommes ainsi !

LE COUPLE AMOUREUX

 # La théorie du chaos

En quelques mois, le site « uneespeceacomprendre.inf » prit de l'ampleur. Du monde entier, la plupart étaient intervenus dans sa propre langue ou son dialecte, et grâce à la dernière des technologies, sur son écran tout apparaissait traduit dans son propre idiome.

Du fait qu'Amtziri et Germain avaient installé des préliminaires précis et engagés sur chacun des forums attribué d'un thème bien défini, la majorité des intervenants avaient exploité l'espace intellectuel à bon escient. La plupart du temps de façon posée, avec une vision étendue de la Vie, comme si toutes ces personnes étaient imbues de sagesse.

Des individus de tous âges étaient intervenus, à partir du moment où ils avaient correctement interprété les introductions en ligne et où ils avaient eu une vision décomplexée du sujet. Il avait d'ailleurs été assez déconcertant de lire des écrits de jeunes personnes comme si elles étaient nées éclairées. Des individus de tous horizons y avaient participé, généralement de zones peuplées comme chacune des grandes villes, mais aussi de lieux reculés et méconnus, presque dépourvus d'humains.

Bon nombre des exposés avaient dénoncé la nationalisation des cultures minoritaires que l'on dissolvait dans une seule entité moderne sans aucun bagage ancestral duquel se nourrir. Cette standardisation provoquait la perte de nombreuses langues dans le monde et par conséquent des cultures qui s'y rattachaient. La déchéance humaine prenait la direction d'une globalisation mondialisée de toute l'espèce développée, chaque fois plus stéréotypée.

À ce moment, beaucoup de « moutons noirs » s'insurgeaient contre un formalisme mondial et une incapacité de la société à respecter les espèces et les lieux sauvages, pourtant dignes de vivre. En de nombreux endroits autour de la planète, des populations se soulevaient contre leurs dirigeants définitivement empêtrés dans une politique inhumaine et autoritaire. Mais tout récalcitrant épris de valeurs éthiques qui souhaitait intervenir et modifier le monde établi, était soit ignoré et isolé, soit recadré sur les rails du « corridor ». Les contraintes, installées par les États politiques, militaires ou religieux, s'avéraient efficientes. Il s'agissait d'astucieux jeux de ficelles manipulatrices (ou peut-être même de « câbles » !). Et il était impossible de les dénouer toutes tant ces pouvoirs excellaient dans leurs manœuvres, tant les gouvernances, en rapport avec les lobbys qui les corrompaient à coup de conséquents avantages personnels, transgressaient les volontés du peuple. Tant, à leur tour, ces grands groupes financiers, mondialisés, se faisaient exiger de meilleurs rendements par des actionnaires et des spéculateurs dépourvus d'aucune autre bribe de considération que l'épaisseur de leur portefeuille. Le capital et le pouvoir exerçaient leur loi implacable et rien ne pouvait plus démanteler ces systèmes.

Le bilan qui ressortait du site internet donnait la vision d'une société chaque fois plus déshumanisée. Tout un chacun, malgré soi et, chose curieuse, contre ses propres principes, apparaissait complice d'un style d'humanité que la majorité ne souhaitait pourtant pas. Et ceux qui étaient conscients du problème, même réunis pour lutter ensemble contre l'inexorable, se trouvaient impuissants à changer le cours des choses.

En dépit que chacun fonçât tête baissée vers un type sociétal à l'encontre de ce qu'il imaginait de correct, beaucoup, malgré tout, continuèrent à exercer cet acte insensé : apporter son vote à un futur élu pour le sommet de l'État, étage des corruptions prolifiques et très profitables. Ainsi, une fois encore, une nouvelle présidence s'obstinait, dans la même orientation, à diriger le monde à contresens. Dans des pays, surtout les plus développés à ce moment-là, depuis plusieurs décennies les chefs d'État se faisaient élire sous les hypocrites adages de l'égalité et de la démocratie. Deux belles carottes, au profit de trop importants privilèges, qui endormaient fort bien les masses humaines myopes dans le « corridor ». Derrière la naïveté des électeurs, de grossières injustices se développaient ainsi. Dont une, non pas totalitaire mais plutôt astucieuse : alors que les dirigeants clamaient avoir été placés, démocratiquement selon la propagande, sur une des plus hautes marches par la majorité des électeurs, cette dernière ne représentait en fait qu'une minorité de la population en capacité d'effectuer un choix. Depuis plusieurs décennies, la politique des pouvoirs symbolisait l'hypocrisie, le mensonge, la différenciation des classes. Moins de personnes se déplaçaient aux urnes, chaque fois plus conscientes de l'escroquerie, dépitées par les puissances politiques et par tout leur système incongru, lui-même aménagé pour écarter les voix démocratiques des abstentionnistes en désaccord avec cette pratique sans plus de sens. Les indécis, qui malgré tout inséraient un bulletin blanc, n'étaient évidemment pas non plus pris en compte dans le résultat des suffrages. En vérité, depuis bien trop longtemps, chacune des élections consistait en une supercherie qui ne satisfaisait que les élites.

*

Germain et Amtziri poursuivirent chacun leur vie sans, à vrai dire, s'occuper de leur agora électronique. Durant plusieurs années, de façon autonome, non seulement elle exerça bien sa fonction d'ouverture des esprits sur le monde réel et non pas celui autocentré sur l'humanité, mais de toute évidence elle enflamma aussi quelques têtes pensantes. Les médias prirent alors un malin plaisir à populariser celles y ayant fortement imprégné leur grain de sel.

Durant la montée en puissance du site internet, Amtziri ne cessa d'exercer sa profession de sociologue pour le compte de l'entité internationale qui regroupait les ethnies minoritaires de la planète. Elle travailla ainsi auprès de quelques ethnies, dont la lutte pour leur reconnaissance et leur respect lui tenait à cœur. Ceci, aspirait-elle, dans l'espoir que ces authentiques petits groupements d'Humains puissent prétendre à quelques années de vie naturelle – certes en sursis – dans une joie de vivre, malgré toutes les exactions s'exerçant contre elles.

À intervalles réguliers, elle se retrouva aussi avec Germain. En son for intérieur il était son amour inavoué. Elle percevait bien que tous deux, l'un envers l'autre, ressentaient les mêmes précieux sentiments cachés. Mais son emploi du temps, composé d'incessants déplacements, ne lui permettait pas d'oser ébaucher une relation digne de cet amour au parfum de fleurs. Elle idéalisait cette éventuelle union, l'imaginant complice, soudée d'un lien charnel au quotidien.

De son côté, face à la contrainte intérieure qu'il ressentait à ce moment-là envers sa famille, Germain s'autorisa à se réinsérer. Non seulement dans sa ville natale, mais surtout dans le système « corridorien ». Il le désapprouvait et ne ressentait aucune communion envers ce type de vie. Pour autant, il ne se sentit pas susceptible de rompre définitivement les liens familiaux, au profit d'une vie dont il savait qu'elle lui induirait pourtant le bonheur, à nouveau, jusqu'à la fin de ses jours. À contrecœur, il préféra se conformer. Patience et labeur furent ses outils, à l'image d'un chausse-pied pour se remboiter dans le « corridor » : boulot-métro-dodo, même si le métro n'existait pas dans la capitale de la Catalogne du Nord.

Son mal-être intérieur ne s'estompait que lors de trop courtes retrouvailles avec sa chère berbère. Une fois, tous deux s'amusèrent à imaginer une théorie du chaos pourquoi pas applicable. Elle anéantirait toute minime trace vivante de civilisation et permettrait un retour de la majestueuse vie naturelle et sauvage.

— Une vie élémentaire, mais splendide, où...

(Retentissement d'un tape-m'en-cinq complice, accompagné d'un habituel et mutuel éclat de rire enfantin de connivence), puis Germain et Amtziri tonitruant à l'unisson :

— ... l'on vivrait d'amour et d'eau fraîche !

À la différence de leur habitude où ils riaient de leurs amusantes complicités, cette fois-ci leur dernière exclamation occasionna une lueur brillante peu ordinaire dans leurs yeux. Après que leurs paumes levées à la verticale se soient tapées, celles-ci ne se séparèrent pas comme cela s'était maintes fois produit auparavant. En même temps que leurs yeux fusionnaient, puis s'enivraient d'un désir plus soutenable, leurs mains se nouèrent alors dans un enchevêtrement émotionnel et tendre de dix doigts.

C'est à une période où les civilisations parvenaient d'elles-mêmes à leur paroxysme que tous deux restèrent accrochés par leurs sentiments, comme électrisés.

*

Une théorie du chaos s'était vite répandue sur divers forum internet. Elle n'était pas apparue de l'imagination de Germain ni d'Amtziri. De nombreux internautes l'avaient ensemencée sur le site « uneespeceacomprendre.inf » pendant la période où il avait suscité le plus grand intérêt. La théorie devait imprégner les mentalités de la nécessaire disparition des humains afin que toutes les espèces sauvages retrouvent leur place, et pour restituer à la planète toute sa splendeur. Le précepte s'était ensuite propagé par-delà la Toile, jusqu'à devenir LA théorie. Diffusée sur la planète dans un étalement de passions parmi les réalistes et des néo-révolutionnaires, la théorie du chaos avait captivé tous les types de médias. Elle avait aussi accaparé des intellectuels et des philosophes, adeptes du retour de l'originel, qui l'avaient étoffée par de multiples retouches. Cette récente tendance idéologique revendiquait une inversion du cours de la Vie par le rebond grandiose de la nature sauvage et son écosystème indispensable.

Durant quelques années, de régulières interventions de divers courants de pensée avaient revu et amélioré la théorie. Les révolutionnaires et les réalistes avaient espéré pouvoir un jour l'appliquer, au travers, peut-être, d'une réelle prise de conscience des peuples. Au travers, sinon, d'un bon sens qui, soudain, apparaitrait chez une majorité d'individus ayant pu recouvrer l'authentique sens des responsabilités.

C'est avant tout une vaste communauté tout autour de la planète Terre, se qualifiant de réaliste, qui peu à peu avait fait monter la sauce. À l'inverse des optimistes – ceux-là déniaient la réalité non réparable, persuadés qu'il adviendrait forcément, par le biais de l'intelligence, une solution pour l'humanité –, à l'inverse aussi des pessimistes – ils favorisaient l'idée de baisser les bras et de se plier à ce qu'il advenait (par l'idée que l'Univers n'a peut-être pas d'autre planète que Terre abritant la Vie, et que la seule fonction de « l'homme » serait de l'anéantir) –, les réalistes, eux, avaient voulu agir par compassion pour la boule bleue et ses vies sauvages. Ils étaient conscients de l'état désastreux du monde occasionné par la calamité que constituait l'humanité. Les réalistes mesuraient la réalité, et disaient les civilisations artificielles devenues contre nature et plus acceptables pour toutes les espèces autres que nous. Puisque le colonialisme de l'humanité ne permettait pas une transformation radicale de sa propre existence, les réalistes se prêteraient à accélérer la chute de leur espèce. Par ce combat, ils souhaitaient exalter les populations dans un optimisme lumineux pour Terre.

L'idée du chaos général avait intentionnellement été mise au point pour soigner le mal par le mal. Elle avait visé, en quelque sorte, à faire bouillir le système. Un peu comme à l'intérieur d'une cocotte-minute dont on aurait obstrué la soupape, dans le but d'obtenir, par l'explosion, la déconfiture de la société humaine industrialisée. En vue de cela, les concepteurs de la théorie avaient imaginé une déstructuration accélérée et extrême du milieu naturel. Cet acte généralisé précipiterait ainsi la majeure partie des espèces vers leur extinction, et par conséquent à l'anéantissement du genre humain pour qu'ensuite reprenne la Vie originelle sur Terre.

La théorie du chaos avait voulu accélérer la sixième grande extinction massive ; celle, déjà en bonne marche, conçue par « l'homme ». Elle avait consisté à :

. Surexagérer toute consommation, surtout les produits non vitaux et futiles, afin d'intensifier la surexploitation des minerais, des terres rares et des énergies fossiles.

. Surconsommer les denrées et les matières premières non conventionnées (ne faisant partie d'aucun label pour une quelconque protection) afin de provoquer une hyperindustrialisation de ces produits, et accélérer l'exploitation abusive, destructrice, déjà fort présente.

. Surutiliser les énergies sales, mais aussi celles soi-disant propres.

. Surconsommer les produits industriels pour intensifier l'accumulation de leurs déchets (plastiques, chimiques, nucléaires, et cetera) et ainsi souiller d'autant plus cette malheureuse planète bleue afin de rendre l'existence invivable pour l'humain – même si cette consommation frénétique était déjà bien en place.

. Surconsommer les denrées végétales pour intensifier les monocultures et l'usage des produits phytosanitaires toxiques – même si nous étions déjà en bonne voie.

. Surconsommer les denrées animales pour intensifier tous types de pêche, de chasse, mais aussi d'élevage afin d'en finir avec les ressources marines et forestières – processus en bon chemin.

. Extraire de leur milieu tout ce qui reste de vie sauvage pour pouvoir continuer à les observer comme bon nous semble dans leurs prisons : cages, aquariums, vivariums, zoos et réserves touristiques – voie bien avancée.

. Appuyer au maximum la science médicale dans le monde pour accentuer l'explosion démographique de la population humaine – même si, déjà, cela allait vite.
. Incrémenter les constructions bétonnées ou végétales, les ameublements, et dilapider ainsi les ressources en matériaux comme le sable et les forêts naturelles qui à leur tour appauvriront la diversité biologique essentielle à la Vie.
. Et cetera, etc.

Pourtant, malgré une sympathie grandissante, la théorie du chaos ne resta finalement que théorique. De par le monde, le temps passant, les plus entreprenants des réalistes ne parvinrent pas à introduire, dans chacun des comportements de tout être humain, cette fameuse théorie pour qu'elle s'applique avec encore plus de véhémence, mais surtout avec conscience.

Même si peu à peu une prise de considérations se propagea dans la population, ce qui ressortit dans tout le foisonnement de leur site internet fut un frustrant sentiment d'impuissance. Sentiment ressenti par tous, à ne pouvoir éventuellement stopper le train fou en marche, ou même à changer le cours des évènements de par le monde. L'histoire des citoyens évolués persévérait sur son chemin inapproprié avec toute sa démesure, et seules les paroles refaisaient le monde mais sans pouvoir prendre les rênes. Comme le fit leur agora électronique jusqu'à ce que, peu à peu, elle tomba en désuétude, alors que le grand délabrement des sociétés modernes s'installait.

Les anciens révolutionnaires, sans même avoir eu à convaincre les peuples d'appuyer sur le bouton rouge en appliquant la théorie du chaos, à leur grand soulagement observèrent que les métastases – l'argent et le pouvoir – mettaient elles-mêmes la théorie en application.

La majorité de la population mondiale n'avait pas voulu admettre le chaos qui arrivait avec à son bout la chute inévitable. Depuis longtemps, avec subtilité, l'éducation « corridorienne » avait installé des « œillères » à chacun de ses pantins, identiques à celles que l'on utilisait pour les chevaux mais intellectuelles. Cela avait permis d'empêcher la population de voir toute la réalité, de voir qu'il y a déjà bien longtemps avait été franchi le point de non-retour à une vie sensée, et qu'il n'y avait alors plus rien à faire. On la protégeait ainsi d'une vue effrayante : la proche extinction de sa propre espèce. Les « œillères » avaient eu la particularité de limiter la réalité au seul monde factice et édulcoré du « corridor ». Astucieusement placées, ces idées préconçus ne laissaient voir que ce que l'on voulait bien montrer au commun des mortels. Elles avaient ainsi permis de maintenir les positions stratosphériques de l'élite, en dissimulant le fait que la mécanique artificielle tournait à contresens.

*

Beaucoup plus tôt que ce qui n'avait été émis et répandu, sans même la mise en place de la théorie, le chaos survint, tout compte fait, par la simple logique des choses.

Le chaos naissant provoqua alors la dislocation soudaine d'une base populaire déjà bien mal en point depuis plusieurs décennies. Or, elle formait les piliers du système, ceux de la pyramide hiérarchique conçue en strates. Ces piliers, l'élite n'y prêtait pas attention et en profitait jusqu'à leur moelle. Les grands privilégiés étaient obnubilés par un surenrichissement personnel démesuré, au-delà même de l'absurde et du grotesque.

Un temps, à coup de sournois artifices, le despotisme des dirigeants politiques, militaires, économiques ou religieux, maintinrent malgré tout en équilibre leur pyramide. Cela ne dura guère. La base se morcela proportionnellement à un style de vie chaque fois plus désenchanté. Le peuple fuit alors une vie impossible, affaissant de plus belle les étages.

C'est dans ce contexte, au moment où les civilisations perdaient leurs ailes, après que Germain et Amtziri s'étaient avoué leur sentiment amoureux, que les deux tourtereaux prirent le temps de consommer leur union avec gourmandise. Des étreintes passionnées laissèrent jaillir leurs sentiments enflammés. Tous les jours, ils croquèrent leur amour dans une fusion indissociable, jusqu'à ce que leurs deux individualités complices se réduisirent en une seule unité, une mesure, un sentiment, un seul et même souhait : celui de ne plus se séparer et de construire une vie où chaque instant les verrait unis.

*

Les voyages leur avaient permis de s'affranchir, peu à peu, d'une vision trop réduite et unilatérale du monde. En dehors du « corridor », auprès de populations sauvages, ils avaient réussi à ouvrir leur esprit, à voir au-delà du bout de leur nez. Cela n'avait pu se réaliser qu'avec le temps, par un travail méticuleux à rechercher la vérité, à se documenter notamment au travers des yeux d'observateurs isolés, ou bien par l'intermédiaire de discrets médias en marge de ce que les « œillères » imposaient.

Avec toute leur conscience, ils assistèrent au début de la chute des civilisations. Un évènement dont ils avaient d'ailleurs rêvé. Cela se produisit au moment même où la planète Terre ne pouvait supporter davantage d'agression. Si eux comprirent ce qui survenait, la majorité de la population resta abasourdie. Tout au long des dernières décennies, la plupart des individus n'avaient pu (ou voulu) rien voir venir malgré les régulières vociférations des lanceurs d'alertes.

Peu après que l'amour de nos deux réalistes se soit enfin cristallisé, la planète ressembla davantage à un vaste terrain criblé de tirs de canons qu'à ce qui, il y a bien longtemps, avait été appelé un « paradis ». Durant plus d'un siècle, les dernières zones naturelles avaient fait l'objet de ruses propagandistes de la part des États et d'ONG internationales trop intéressées. Sous de louables prétextes tels que la préservation des écosystèmes, les hauts pouvoirs politico-économiques avaient été autorisés à s'accaparer les ultimes territoires préservés. Avec cette mainmise, que les pantins approuvaient, les teneurs des ficelles commettaient les exactions fatales. Une trop forte rentabilité économique de ces terres, tant au niveau du tourisme que de l'exploitation clandestine des bois et des minerais, leur avait incité à exercer un dictat. Par l'intermédiaire d'outils juridiques conçus pour leurs convenances, ils armaient de leur soin les bandes de mercenaires, assassinant, torturant et violant pour exproprier les autochtones préservateurs de ces lieux ; depuis des millénaires, les ethnies minoritaires sauvegardaient leur terre nourricière. Les vingt dernières années, les ultimes progrès à la pointe de la science et de l'industrie avaient permis le saccage presque instantané de ce qui restait encore de l'espace naturel. Une exploitation minière et forestière, bien trop rentable, avait affranchi les parcs naturels des lois protectrices dans ce type d'écosystème. Cela avait provoqué une arrivée soudaine, sur le marché, de bien plus grandes quantités de matériaux. L'industrie, contrainte par ses intarissables actionnaires, avait alors demandé encore davantage d'énergie qui ne pouvait plus être « verte », et de combustible extrait vite fait mal fait. L'effet domino surgit alors en cascade. Les contaminations environnementales ne se différencièrent plus des trous miniers béants qui maculaient l'écorce terrestre, dans la roche ou sur ce qui avait reçu les forêts. Il ne resta plus beaucoup d'eau potable ; cela séduisit les spéculateurs ayant misé sur les grandes entreprises qui avaient réussi à faire main basse sur les rares eaux douces encore consommables. Le liquide « propre » devint précieux et hors de prix. Depuis longtemps les piscines restaient à sec. Sans bonne eau à un tarif raisonnable l'agriculture s'effondra et les famines prirent de l'ampleur. Un nombre considérable d'insectes pollinisateurs disparurent. Sans plus beaucoup de grandes zones végétales naturelles, ce qui restait des animaux sauvages ne fut plus en mesure de survivre.

    Le réseau Internet par lequel s'était contrôlé tout le système électrique, technique, informatif et financier sur Terre et sur orbite partit en déliquescence. Ceci, bien après que la Toile eut dévitalisé les esprits naïfs d'une population mondiale bien trop crédule. Elle avait été astucieusement manipulée par des flots de fausses informations : la dernière des armes les plus performantes pour chacun des grands dirigeants d'États et de courants politiques. Internet était alors devenu un réseau obscur de débauches où ne subsistait plus aucune liberté. Il s'y était matérialisé les plus inhumaines emprises psychologiques et les plus viles négociations de tout type. Internet ne fut plus contrôlé que par une informelle et complice association de puissantes crapules à bout de souffle. Politiciens, financiers, religieux et mafieux avaient persévéré dans leurs combines, extirpant les dernières gouttes économiques possibles dans l'espoir que cela les sauve ne serait-ce qu'un instant supplémentaire.

Le restant de la population humaine s'était asphyxié sous le joug des derniers pouvoirs. L'équilibre d'un biotope dépouillé et souillé était rompu. La base s'effritait. Tout dégringolait. Le système pyramidal s'effondrait.

Les agriculteurs et les éleveurs cessèrent de produire en masse pour les autres et se mirent à ne travailler que pour se nourrir eux-mêmes. Ultime et radicale solution qui leur permit de survivre au jour le jour. Sans autre choix, le prolétariat copia le même comportement pour ne pas périr. Il abandonna les usines pour devenir des artisans, échangeant leurs menus travaux contre quelques aliments. Sans la base pour faire vivre les strates supérieures, ces dernières dégringolèrent. La culbute se produisit de façon presque instantanée. Les industries désertées de leurs employés se décomposèrent, les financiers virent fondre leurs économies mondialisées, et les élites n'exercèrent le pouvoir absolu que sur elles-mêmes.

*

Les pays les plus développés avaient été les premiers à s'effondrer. Puis, très vite, la contagion rattrapa les autres sociétés humaines. Le chaos gagna la majeure partie de la planète. Le « corridor » s'écroulait à l'instar d'un château de cartes, comme si la construction des civilisations n'avait finalement été qu'un jeu ; un jeu d'argent, un jeu de pouvoirs !

*

Dans les zones qui avaient été densément peuplées, les eaux douces, même si elles dégoulinaient encore claires au ras de roches, ne pouvaient plus être consommées, trop chargées en substances de synthèse. Les survivants devaient creuser à grande profondeur pour atteindre des nappes filtrées acceptables.

L'effondrement mondial des civilisations survint si brièvement que tout s'interrompit d'un instant à l'autre. Il ne subsista plus beaucoup de moyens pour creuser profondément, si ce n'est la pelle, la pioche et l'entraide entre fermiers et artisans. Seuls ceux qui surent utiliser un lopin de terre, ou bien se servir de quelques outils arrivaient à survivre. L'argent, qui ne servait plus à grand-chose, ne représentait plus une monnaie courante. L'air qui se respirait ne contenait plus de belles notes florales, herbacées ou maritimes, mais plutôt une odeur acerbe, comme synthétique.

*

Un temps, les peuples du « corridor » avaient refoulé au plus profond de leur être la réalité qui était en train de les mener au chaos. Pour ceux qui avaient su voir plus loin que le bout de leur nez, l'effondrement avait néanmoins été prévisible.

Amtziri et Germain, eux, ne s'en étaient pas trop mal sorti. Au moment du chaos naissant, leur flair leur avait permis d'anticiper le pire et de se mettre à l'abri. Dès l'instant où ils s'étaient engagés dans une vie commune amoureuse que plus rien ne séparerait, ils avaient alors passé un rapide, mais surtout passionné accord commun : rejoindre de vieilles connaissances indigènes, et vivre leur idylle dans un endroit des plus reculés qui leur siérait à merveille. D'ailleurs, en ce lieu qui les attirait, il s'y menait, à ce moment-là, un dur combat territorial, et la seule idée de s'y joindre avait légitimé leur décision.

C'est ainsi qu'ils avaient rallié un regroupement d'ethnies.
Germain, bien plus jeune, avait séjourné à plusieurs reprises dans cette zone durant des périodes plus ou moins longues. Plus tard, Amtziri y avait travaillé un temps, afin d'apporter un soutien interethnique au travers de la coordination internationale. Déjà, à cette époque, la forêt primaire amazonienne n'était plus grignotée par des bulldozers, mais se faisait dévorer par d'immenses machines automatisées. Elles provenaient du progrès technique à la pointe de ce temps-là. Des ingénieurs, orgueilleux de leur capacité à créer une mécanique encore plus puissante, plus performante, plus moderne, avaient conçu ces machines. Malgré toutes les critiques des protecteurs de l'environnement et des organisations autochtones, ces génies, à ce moment-là, n'avaient rien eu à se reprocher. Pour atteindre la reconnaissance prestigieuse, ils avaient alors réussi, soutenus par l'État, de longues études dans de grandes écoles réputées. Ils avaient ensuite été bien rémunérés (ou trop) et avaient abouti à la conception de cet outil « exceptionnel ».
Les super-machines, dorénavant en fonction dans beaucoup des forêts de la planète, avaient fini par devenir le

fleuron d'une multinationale gigantesque. Dans l'anéantissement des derniers grands espaces sauvages, ces machines de rêve avaient amené de juteux dividendes à leurs exigeants actionnaires vidés de tout scrupule.

 # L'oasis

En ce qui fut, il n'y a pas si longtemps de cela, un des endroits les plus reculés aux confins de la forêt amazonienne, n'existe aujourd'hui plus qu'une curieuse et grande oasis. Elle se situe dorénavant au milieu de terres dévastées et déchiquetées à perte de vue. Le contraste est saisissant. L'enclave, d'un vert sombre soutenu, attire l'attention à des kilomètres depuis les terres désertiques qui maintenant l'entourent. Ces terres mortes, argileuses, blanches, ocres ou rouges par endroits, constituent ce qui auparavant avait supporté une jungle magnifique. Elles sont si asséchées que désormais leur sol réverbère les rayons directs et quotidiens d'un soleil brûlant plus soutenable. Alors qu'aucun insecte ne peut plus supporter ce lieu vide de toute vie, où même l'eau ne s'aventure plus, une brume dense chapeaute de façon permanente la grande oasis. C'est là, à l'abri dans cet îlot de verdure, qu'Amtziri et Germain s'étaient installés il y a quelques années de cela, peu de temps après avoir pris leur décision de fuir le chaos qui naissait dans les villes, abandonnant tout sur place.

La vaste zone de cette oasis avait été conservée grâce à de dures batailles, et le duo amoureux s'y était invité alors que les derniers combats faisaient encore des ravages.

Initialement, près de trois décennies auparavant, les membres indigènes des « gardiens de la forêt » avaient ordonnancé les luttes. Des ethnies habitant des zones plus avancées, s'ouvrant par la force des choses au monde moderne, conscientes des valeurs essentielles qu'elles perdaient au contact des civilisations, avaient elles aussi collaboré aux batailles pour que soit conservé ce lieu dense et sauvage. Ensemble, les défenseurs avaient tout tenté pour préserver cette zone reculée difficile à forcer de par sa géologie. Ils s'étaient battus pour l'intégrité de ce territoire-là, mais aussi pour celle de ses habitants. Ils étaient de petits groupes d'Humains qui n'avaient jamais eu de contact avec l'homme blanc, et qui avaient fait passer le message comme quoi ils ne souhaitaient pas en rencontrer ; chose à peine croyable encore à ce moment-là où l'on imaginait que tout avait été conquis et soumis. Les batailles avaient été complexes. Les ennemis se représentaient par les grandes entreprises extractrices de bois, l'industrie agroalimentaire profitant de terres dorénavant domestiquées, les chercheurs d'or et de diamants rêvant d'une vie opulente et fortunée. Tous protégés par l'État qui, de fait, se mettait lui-même hors la loi. Car les lois protectrices des territoires indigènes et des zones sauvages faisaient malgré tout partie intégrante de la constitution. Mais, à ces étages-là, la seule loi qui avait fait foi avait été celle de l'Argent, du profit.

La colonisation s'était construite à coup de plombs. En cet endroit trop éloigné des soucis citadins, l'État n'avait jamais fait acte de présence. D'ailleurs, celui-ci s'était bien gardé de s'impliquer trop ouvertement en faveur de ses amis colons sans états d'âme. Les nantis de ces envahisseurs avaient alors exercé leur propre loi, armes à la main. Ils avaient armé leurs pions du bas de l'échelle et les avaient incités à pratiquer la chasse à l'indien.
Dans le camp adverse, après des années à s'être battus politiquement pour que s'appliquent les lois censées les

protéger, puis devant l'absence de saines décisions qui auraient dû provenir de l'État, plusieurs ethnies s'étaient alors engagées à tenir tête aux envahisseurs. Elles attaquèrent de nuit, accaparèrent les armes, et mirent en évidence qu'elles n'avaient plus rien à perdre.

À l'arrivée de Germain et Amtziri, les morts se comptaient par dizaines dans chacun des deux camps. Mais la présence des deux étrangers, juste à ce moment, sema le trouble chez les envahisseurs. 'Ces deux énergumènes étaient-ils vraiment, comme ils le prétendaient, les représentants de puissantes organisations internationales protectrices, soutenues par les plus puissants gouvernements de la planète ?'

Les colons baissèrent leur garde. Les indigènes enfoncèrent le clou. Sur tout le pourtour de la zone à protéger, ils firent acte de présence continue, l'air belliqueux, l'humeur irascible. Amtziri et Germain se faisaient passer pour ceux qu'ils n'étaient pas, multipliaient des pourparlers avec les ennemis. Ils leur assurèrent qu'ils perdraient beaucoup à se mettre à dos des États et les ONG internationales.

Au fil des mois, la situation s'était calmée et chacun respecta le territoire opposé. Chaque partie se contenta de sa zone. Les uns, leur pseudoparadis ; les autres, leur fructueux enfer.

Puis les intrus disparurent après avoir tout arraché, tout saccagé sur les possessions. Les négociants en bois laissèrent une surface rase. Les orpailleurs et autres chercheurs de diamants laissèrent les terres éventrées et les cours d'eau obstrués, empoisonnés par les métaux lourds toxiques comme le mercure ou le cyanure. Ces terres épuisées, rien ne pouvant désormais plus pousser, les entreprises agroalimentaires prirent aussi la poudre d'escampette.

Après quoi, l'Oasis sauvée se mit à vivre du bon temps comme peuvent en vivre des îles perdues sans moyens de communication. La vie s'écoula au fil des jours, sans proche voisin au-delà de ce territoire, dans l'essentialité enfin retrouvée, et sans aucune autre vision de ce qui se ferait le lendemain.

*

Aujourd'hui, Germain et Amtziri sont les seuls humains à la peau blanche à vivre en ce lieu parmi les autochtones. Ils sont acceptés, un peu comme des parents éloignés. Quelques petites ethnies éparses constituent leur entourage humain : des Moxihatatea, des Awà et des Hi-Merima. Chacune s'occupe dans sa zone bien définie et dans un respect mutuel presque complet.

Après que se sont éclipsés les derniers exploitants avec leur profession assassine, plus aucun autre colon n'est venu importuner l'Oasis. Les extérieurs semblent s'être vidés du vivant comme si tous avaient subitement succombé à une peste mondialisée. D'ailleurs, dans l'Oasis, un havre de paix végétal, cela n'intéresse plus personne. Sans aucun moyen de communication, sans plus aucun aventurier de passage, les habitants ont même oublié l'existence du monde artificiel.

Seul le couple venu de cet ailleurs, sans savoir ce que devient leur Ancien Monde, extrait, de temps à autre des vieux tiroirs de leur mémoire, ce que les civilisations avaient été. Il leur arrive d'imaginer ce que ce monde avait pu devenir après leur départ, il y a déjà plusieurs décennies de cela. Ils se doutent bien qu'il a changé, qu'il se trouve même, peut-être, en complète décrépitude voire, pourquoi pas, disparu. Germain et Amtziri regrettent leurs familles. Malgré tout, les joies et la tranquillité d'esprit que leur procure cette vie rêvée adoucissent ces pensées douloureuses.

Enfin, ces deux idéalistes vivent la vie à laquelle ils aspiraient. Une vie équilibrée en complète adéquation avec le sauvage : le milieu, les autres espèces vivantes, et l'Univers dont ils peuvent contempler la Voie lactée dans une clarté inouïe. Germain et Amtziri ne possèdent aujourd'hui plus rien de leur Ancien Monde. Les livres, les papiers, les vêtements ont moisi et se sont émiettés avec l'humidité permanente. Ce qui avait été fait de bois a pourri. Le fer a rouillé et s'est décomposé. Les matériaux synthétiques ne sont plus que des fibres éparses. Seules quelques pièces de monnaie résistent tant bien que mal, mais ne servent plus à rien. Dorénavant, tout leur nécessaire n'est plus que végétal ou animal. Ils n'empruntent à la nature que ce dont ils ont besoin, et prennent soin d'elle afin qu'elle les approvisionne pour l'éternité. Leur bien-être intérieur, leur nourriture saine et les plantes médicinales sont leurs préventifs quotidiens qui les maintiennent en bonne santé. La sénescence et la mort font partie des choses les plus normales de la vie et ne sont pas remises en question ; la mort des individus est nécessaire à la Vie sur Terre. Les êtres humains, ici, restent humbles face à la nature ; ils la comprennent et savent mesurer son importance vitale.

Amtziri et Germain, peu après leur immigration dans l'Oasis, avaient décidé d'adopter plutôt que de donner vie. Ils ne souhaitaient surtout pas basculer dans le piège de la volonté égoïste, et ainsi surpeupler ce territoire idéal en désorganisant son équilibre. L'ethnie auprès de laquelle ils vivaient avait consenti à leur confier une toute jeune enfant qui ne marchait pas encore. Ses parents avaient péri lors d'une intrusion meurtrière de colons incendiaires et armés, quelques jours avant leur arrivée.

Deux saisons sèches plus tard, un petit garçon à peine plus âgé, en fait son frère, leur avait aussi été remis. Ses oncles avaient préféré le réunir à sa plus proche parente, pour leur bien-être à eux deux et pour la plus grande joie de leurs parents adoptifs.

Avec ces deux petiots, Germain et Amtziri filent le parfait amour. Le couple et leurs enfants adoptés vivent en complète symbiose avec la Terre aimante. Celle-là même qui les héberge et leur amène tout ce qu'elle peut apporter d'essentiel. À l'opposé d'un ennemi, Terre constitue la vitalité indispensable. Une mère nourricière et salutaire. De plus, elle gratifie d'un bien-être psychologique primordial et d'un bonheur de vivre qui rendent plus supportables les aléas et les déceptions de la vie.

Tout comme chacun des habitants de l'oasis, en plus de l'alimentation, Amtziri sait emprunter au biotope des végétaux pour confectionner de menues étoffes qui couvrent les hanches des hommes et des femmes. Elle emprunte aussi des fleurs et des pigments pour son maquillage, des graines oléagineuses pour protéger la peau. Alors que Germain, chacun ses particularités, utilise des végétaux pour servir de toiture sur les structures de troncs taillés, des bois durs et des os pour confectionner de menus outils, des armes de pêche et de chasse.

Les enfants, eux, tout les amuse et, pour eux, tout est jouet. Ils apprennent à marcher quasi en même temps qu'ils s'initient à grimper aux arbres. Ils acquièrent des enseignements par instinct en manipulant de petits animaux sauvages faciles à attraper : insectes, mais aussi couleuvres et autres bestioles trop curieuses. Ils défient leur habileté en imitant les adultes avec leurs mini-répliques de sarbacanes. Leurs sens sont instinctifs et donc bien adaptés au milieu environnant. L'écriture ne leur est pas enseignée. Ici, elle n'a pas son utilité. Tout l'enseignement nécessaire leur est transmis oralement, beaucoup au travers de mythes et de contes. Les tabous, sacrés, régulent leur esprit fougueux et les rendent compréhensifs, responsables envers tout ce qui les entoure.

Si la majorité des mythes qui leur sont inculqués proviennent des ethnies alentours, un conte en particulier leur a été apporté par le couple blanc venu d'ailleurs. Celui qui raconte une vie d'un autre monde, où de bien curieux humains, jamais satisfaits, avaient inventé, contre nature, une vie artificielle consumériste. Cette histoire racontait à quel point ces humains avaient été instrumentalisés et formatés jusqu'à construire, de leur propre « intelligence », les « murs » qui les emprisonnaient. Ces « murailles » avaient finalement formé un étroit « corridor » qui avait gonflé leur égo jusqu'à se proclamer maîtres et propriétaires de tout ce qui existe. Ces humains avaient persisté à avancer dans une voie illogique, se refusant à voir ce qui les attendait au bout de leur route. Il avait été ensuite bien trop tard lorsque leur monde égocentrique s'écroula.

*

Ici, par le plus grand des respects, on ne nomme pas les enfants. Mais aujourd'hui Kuniva et Varasa sont grands. Ils ont grandi heureux au sein de leur famille adoptive, au milieu de leur ethnie, dans un écosystème qui les fait vivre et les rend fort. Ils ont une connaissance exceptionnelle de leur milieu duquel ils tirent, à bon escient, ce dont ils ont besoin. Kuniva, court sur ses jambes, les muscles saillants, un bras en partie paralysé, une longue aiguille de bois en travers de sa lèvre inférieure, a appris de son grand-père l'utilisation des plantes sylvestres médicinales. Ses parents adoptifs lui ont enseigné que si aucun de ces végétaux n'arrive à soigner un mal qui amène au décès, c'est que l'heure était arrivée pour le patient, et qu'il était alors préférable de le laisser retourner à Terre-Mère ; cela fait partie de l'équilibre de l'Univers. Le plus grand des tabous étant le déséquilibre de toute chose, de toute vie, source de désordres et de trop importantes catastrophes irréparables.

Varasa est une grande curieuse, pleine de fougue, à questionner sans cesse, à fouiner, à s'aventurer. Et elle a de quoi faire ! L'Oasis, même si elle ne constitue pas un territoire illimité, regorge de recoins mystérieux. Certains endroits sont difficiles d'accès. Raison pour laquelle les civilisations ne s'étaient pas vraiment intéressées à ce territoire, lequel put être sauvé de leur cupidité. L'oasis possède des reliefs géographiques divers qui régulent un écosystème autosuffisant. Des vallées escarpées s'entremêlent avec des marécages inextricables, et de hauts conglomérats rocheux, aux parois verticales couvertes de mousses, jouent aux géants bien au-dessus des arbres.

Ce territoire est aujourd'hui quelque peu différent de ce qu'il avait été avant la quasi-désertification mondiale. De l'eau, prise dans les brumes à présent éternelles, suinte de ces monolithes couverts de mousses là où autrefois descendaient des cascades. Elle alimente toute la végétation tropicale en contrebas. Une grande quantité d'espèces végétales alimente suffisamment de faunes herbivores pour à son tour nourrir les carnassiers. Et les quelques humains installés dans l'Oasis arrivent à prendre leur part régulière sans altérer l'équilibre vital. Les grandes rivières ont disparu et la végétation a repris leurs lits à sec. Malgré tout, quelques rares poissons subsistent dans des petits cours d'eau, des marécages et les quelques petites lagunes aux eaux sombres. Ces réservoirs d'eau douce s'étaient formés dans des creux d'anciens lits de fleuve. Par sa rareté, le poisson n'est pêché que lors de rares occasions, particulièrement pour des célébrations.

Dès leur arrivée dans l'Oasis, Amtziri et Germain n'avaient éprouvé aucune difficulté à s'adapter à leur nouvelle alimentation. Elle est constituée de manioc amer, d'igname et de banane plantain qu'ils cultivent. Suivant les périodes, ils collectent en forêt des fruits, des noix, du miel, et des graines qui alimentent aussi les oiseaux. Parfois ils en prélèvent quelques-uns, mais l'essentiel des protéines leur provient des nombreux insectes.

Varasa, l'éternelle curieuse, a beaucoup appris de sa propre communauté ce qui concerne la survie en forêt. Elle s'est instruite de leurs savoirs et de leur véritable intelligence. Elle a, aussi, bien assimilé les mythes et les tabous en vigueur ; ces lois qui permettent de comprendre tous les rapports avec l'environnement. Qui permettent aussi, à travers la conscience et le respect de toute vie, de réfréner l'impulsion, commune à tous les humains, d'outrepasser la logique essentielle des choses.

Alors que les mythes qui encadrent la vie ici, au travers de contes à propos d'esprits, sont pour elle bien réels et rationnels, en revanche, les histoires qui concernent la vie de l'Ancien Monde, moderne, au travers des rapports intellectuels qu'elle entretient avec ses parents adoptifs, représentent plutôt l'ordre du fantasmagorique peu crédible dans son esprit. Varasa, le visage typé, le corps souvent tout tatoué de géométries éphémères, questionne régulièrement ses parents à ce sujet et à celui de ces autres humains dont elle n'a aucun souvenir. Même si l'allusion à cet autre monde lui rappelle la tragique mort de ses parents biologiques, elle aime entendre Amtziri et Germain raconter des choses plus invraisemblables les unes que les autres à propos de l'étrangeté que les civilisations avaient été.

Parfois, elle les surprend à se questionner et à philosopher sur la bien curieuse lignée humaine qui les avait engendrés. Elle éprouve d'autant plus de plaisir à les écouter discuter entre eux qu'ils le font dans leur ancienne langue. Pour les avoir écoutés maintes fois depuis sa plus tendre enfance, elle comprend tout de cet idiome, mais ne sait l'utiliser. Jamais ils ne se sont adressés à elle en français. Pour cela, ils ont toujours utilisé la langue des Hi-Merima, ethnie de laquelle elle descend.

 # Retour à la terre

En ce jour bruineux, de jeunes enfants jouent sous le carbet, à l'abri du toit de feuilles tressées avec soin. Trois d'entre eux sont les petits-enfants de Germain et Amtziri. Ils sont vifs. Leurs cheveux noirs et lisses s'ordonnent naturellement, et des symboles ethniques dessinés à la graine de genipa ornementent leur peau. Excentrés, les restes d'un feu laissent encore échapper un filet d'une fumée blanche. Sur un bord, fixés côte à côte entre deux minces troncs écorcés qui font office de longerons, deux hamacs de fibres de palmier supportent les vieux corps encore solides d'Amtziri et de Germain. Chacun est installé dans l'un d'eux, tête-bêche pour ainsi se faire face.

Amtziri y est assise, jambes croisées à plat sur le fond. Elle tresse d'étroites bandes végétales flexibles tirées de très longs pétioles. Elle parachève ainsi la confection d'une couleuvre à manioc, vannerie des plus essentielles, une sorte de long boyau végétal de la hauteur d'un homme. Imposant instrument de cuisine qui servira à exprimer le jus de la farine du manioc amer, base quotidienne de leur alimentation. Germain, à demi couché, sirote un jus des petits fruits de l'awara fraichement dénoyautés au pilon le matin. Comme à l'accoutumée, ils profitent de cet instant pour bavarder de tout et de rien. Des moments de silence s'intercalent pour mieux prêter attention aux enfants qui s'amusent à imiter les adultes. Avec de petits arcs et de courtes flèches, ils taquinent de gros lézards téméraires, voire des oiseaux trop curieux.

Germain revient d'une pensée lointaine. Il lui demande si elle se souvient d'une réflexion exposée à l'époque sur leur forum, à propos du parallèle entre deux évolutions à un moment bien précis de l'histoire des espèces ; entre l'évolution des animaux sauvages se contentant – encore aujourd'hui – de leur condition adaptée à leur milieu, et celle des premiers humains à l'âge de la préhistoire, qui au contraire, déjà, expérimentaient des artifices afin d'améliorer une condition naturelle curieusement médiocre.

— Oui bien sûr !

Sa réponse jaillit instantanée et ferme. Amtziri affirme ainsi une assurance certaine malgré son âge. Elle accompagne alors sa vivacité d'un large sourire éclairé, appuyé d'un beau clin d'œil pour exprimer sa fierté. Sa mémoire est encore là !

— Où l'on se demandait, poursuit-elle, si, en quittant l'état de grand singe, ces espèces humaines n'avaient pas perdu leur adaptation originelle à leur environnement. À la différence de toutes les autres espèces, les humains, eux, comme s'ils étaient alors devenus handicapés, n'avaient eu d'autre choix que de domestiquer le feu pour se chauffer et voir la nuit, de chercher à se vêtir, de cuire leurs aliments afin de faciliter la digestion d'un estomac inapproprié, et de fabriquer des armes de chasse, des outils, pour améliorer une condition désadaptée. Dans cette réflexion, il avait été dit que ce sont peut-être toutes les déficiences de cette espèce ratée qui les auraient contraints à rentrer dans un système matérialiste. À partir des premières créations d'artifices serait apparue la convoitise, jusqu'à arriver à un humanisme radical qui renia l'essentiel pour la Vie, qui dédaigna l'importance des innombrables choses et vies autres que sa seule espèce.

— Curieusement, ajoute Germain, des humains différents vivants en petites communautés éparpillées, comme ceux que nous côtoyons depuis maintenant bien longtemps, ont par contre toujours été bien plus aptes à vivre naturellement dans ce type de contrées tropicales. Ils ont évolué au fil des mêmes millénaires, dans un système parallèle au « corridor », mais dans un style de vie opposé. Ils sont restés mêlés au sauvage, intégrés et reliés à l'équilibre du monde, imprégnés du respect essentiel envers leur milieu, sans détruire, sans abuser. Pourtant, tu remarqueras que ce n'est pas le type de contrée tropicale qui engendre ces aptitudes. Car même dans les territoires glacés comme proche des pôles, des groupes humains y ont aussi vécu dans la même intelligence instinctive innée en eux ; jusqu'à il n'y a pas si longtemps de cela leur malheureuse rencontre avec les êtres des civilisations.

— D'où les causes que nous avons toujours suspectées à propos de la maladie d'une majeure partie de l'humanité : la nécessité tyrannique du pouvoir sur les autres, et la nécessité vicieuse de cupidité ! En fait, l'égocentrisme et l'égoïsme !

— Peut-être dû à un raté dès l'aube de l'humanité, une malformation cérébrale, un cafouillage de l'évolution chez une partie des humains, dans lesquels se serait alors développé le narcissisme.

Lors de ces dernières années, Amtziri et Germain avaient pris conscience qu'ici, dans l'Oasis, chacun possède une aptitude différente, pour ainsi dire un pouvoir de faire, d'exercer, ou bien de comprendre des choses, de façon plus aisée que les autres. Pour autant, personne n'en abusait pour se placer au-dessus et profiter d'autrui ou pour dominer le milieu. Ceci parce que chacun d'eux a besoin des aptitudes des autres, à besoin de l'efficacité de la nature, et qu'entre Humains et entités de bon sens et de nature généreuse il est impensable de ne pas se les partager. Les petits groupes ethniques millénaires n'ont ainsi pas eu à créer l'argent pour l'accumuler, percevaient Germain et Amtziri. Le partage, le troc sont bien plus équitables. La finance, à l'opposé, amène la différence et le déséquilibre. Ces communautés le savent bien : pour vivre dans le bien-être, l'équilibre de toute chose et de tout acte reste absolument vital. C'est l'essence même de leur éducation, à contrario de celle qui avait renforcé le « corridor ».

Amtziri poursuit à propos de l'équilibre :
— C'est en se proclamant très intelligent que l'humain moderne a sous-qualifié les autres espèces. Au nom de l'humanisme, il a dénigré, discriminé les êtres vivants sauvages naturellement idéaux. Comme avait été dit à l'époque sur un de nos forums : « ce n'est pas parce que l'on envoie des fusées sur la lune que l'on est intelligent. L'intelligence est tout autre chose. Elle est un raisonnement mûri, réfléchi avec un grand recul sur la vision globale de la Vie, accompagné d'une conscience profonde de ce qui est essentiel à la bonne marche du monde vivant. L'intelligence doit être une sagesse qui réfrène nos ardeurs vénales. L'intelligence ne peut naitre que d'une réflexion sensée. Une espèce destructrice de son écosystème, obstinée à s'anéantir, ne peut être qualifiée d'intelligente malgré toutes les techniques qu'elle invente »... Comprends-tu, mon cher ?

Un sourire coquin et rayonnant émane alors de son visage. Il est maintenant marqué par des rides chaque année plus creusées. Germain hausse les sourcils en signe d'acquiescement. Avec ses cheveux et sa barbe grandissante

tous aussi blancs qu'une lune pleine, sérieux, il fixe un instant Amtziri dans les yeux. Le moment suivant, à l'unisson, ils ne peuvent contenir leur éclat de rire, aujourd'hui plus contenu qu'à l'époque de leur jeunesse.
— Cocotte, je ne suis pas encore sénile ! lui lance-t-il.

Depuis l'extérieur, Varasa, les yeux toujours pétillants, a écouté ses parents. Elle s'invite dans la haute case ronde et sombre. Après s'être courbée pour passer sous l'avancée de toit, elle déplace un tabouret très bas, s'y assied presque comme accroupie, ses bras embrassant les jambes. Elle profite quelques secondes de la fraicheur et de l'ambiance qui soudain l'enveloppent et l'apaisent, puis maniant sa langue native, elle met alors son grain de sel dans la conversation :
— Peut-être que dans votre Ancien Monde n'existait pas la sélection naturelle, la loi essentielle de l'équilibre ! Ici, c'est par la robustesse de chacun des vivants que seul le spécimen le plus apte parvient à vivre ; chacun contribue ainsi à la perfection de l'ensemble. L'existence de la faiblesse ne dure jamais longtemps. Je pense que c'est la raison pour laquelle tout être vivant de l'Oasis se trouve par conséquent là, pour s'imbriquer dans un ensemble fonctionnel parfait ! Ici, tous les individus de chaque espèce vivante jouons un rôle dans la tache de préserver l'équilibre des choses ; n'est-ce pas ?
Le vieux couple ne peut retenir un grand éclat de rire. Ensemble ils s'exclament alors, yeux dans les yeux :
— Elle est bien notre fille !
Puis, tous les trois rient bruyamment, gorge déployée !

Amtziri profite de ce moment propice pour demander à sa fille comment elle se sent dans l'Oasis, en tant qu'être humain. Elle répond qu'elle s'y sent à l'aise. Qu'elle ne manque de rien. Que même si en comparaison aux hommes les femmes travaillent davantage, elle s'estime heureuse. Elle ressent une osmose avec son monde, avec ses parents adoptifs, avec toute son ethnie, ainsi qu'avec ses enfants et leur père, attentionné et bon chasseur. Qu'elle a perdu deux de ces enfants, mais elle n'en tient rigueur à personne ; la loi universelle est ainsi faite, cela fait partie des accidents naturels de la vie. Que le plus important, pense-t-elle, est de se sentir partie intégrante du Tout, comme un maillon indispensable de la chaine du vivant, et que justement c'est son cas. Que même si l'autre monde bizarre l'intrigue, le sien, l'Oasis, lui suffit.

Afin de conforter ses ressentis, son père lui commente que dans son ancien monde, développé, lorsqu'on était satisfait de ce que l'on avait et de qui l'on était, mais que l'on souhaitait, malgré tout, changer tout cela pour, espérait-on, encore mieux, il se disait : « On sait exactement ce que l'on quitte, mais on ignore bien trop ce que l'on va trouver ». Varasa reste un instant pensive, essayant d'interpréter cette maxime.

À cet instant, Germain fait remarquer que l'on ne sait pas ce qu'il advient de l'espèce humaine en dehors de l'Oasis. D'après lui, il ne doit pas en rester grand-chose.

— Si c'était le contraire, si ce monde-là continuait son essor, nous aurions depuis longtemps eu des contacts, ne serait-ce que des communications. Mais depuis de nombreuses années maintenant, personne de ce monde là-bas ne s'est plus montré dans l'Oasis. Ni, d'ailleurs, aucune autre ethnie extérieure à ce territoire. Mieux encore : depuis autant de temps, n'a été aperçu ni entendu aucun oiseau artificiel nous survoler, même haut dans le ciel.

Amtziri en prend conscience. Elle se fige, les yeux ailleurs ; 'Qu'est-il donc advenu de ce monde ?'

— Moi aussi je me sens heureuse, affirme-t-elle dans son état encore semi-pensif. Je me demande si ce n'est pas en fait la simplicité qui fait toucher le bonheur. Te souviens-tu Germain ? Nous avions le nécessaire, ce qui en comparaison à aujourd'hui était beaucoup plus. Nous avions les moyens économiques suffisants pour vivre bien, et pourtant nous ne ressentions pas la félicité.

— Tu oublies quelque chose. Certains de ce monde là-bas, qui n'avaient pas l'argent pour se nourrir et se loger, même s'ils vivaient comme tu le dis dans la simplicité, n'étaient pas heureux pour autant. La simplicité ouvre la porte vers le bien-être et donc le bonheur, à condition que tu vives dans la décence, comme nous le faisons tous à l'intérieur de ce territoire.

Et Amtziri d'ajouter :

— Et dire que ces gens modernes disaient des territoires sauvages, comme l'Oasis, qu'ils sont hostiles, inhospitaliers ! Un enfer vert aimaient-ils balancer ! Malgré tous leurs appareils photo, ils ne voyaient pas leur jungle de béton… En fait, de leur propre monde, ils ne regardaient que ce qui leur convenait, et mettaient de côté, au fond d'un recoin verrouillé en eux, toute l'hostilité de leurs civilisations !

Silencieuse, Varasa écoute disserter ses parents. Sa mère poursuit ses remarques sans jamais interrompre son tressage qui voit bientôt le bout. Elle finalise l'anneau par lequel la couleuvre sera suspendue d'un côté, pour être étirée de l'autre au moyen d'un lourd poids. Le boyau végétal se contractant, le manioc amer se comprime à l'intérieur et s'extrait alors le jus toxique, délicieux et aromatique une fois cuit.

— Les Inuits, poursuit-elle, ont vécu, des siècles durant, une vie harmonieuse dans un milieu très difficile, voire austère, en tous les cas inhospitalier pour un humain commun. Par la suite, en contact avec l'espèce développée, l'Inuit a vécu une vie décousue, déséquilibrée, malheureuse, poussant nombre d'entre eux au suicide. Alors, était-ce bien le Grand Nord qui était hostile… ?

Amtziri pousse du menton en direction de sa fille. Varasa ne sait que répondre, elle n'a pas tout saisi. Pour elle, le seul monde inhospitalier qu'elle connaisse est celui qui entoure l'Oasis. Une zone desséchée, brûlante et éventrée.

L'air abasourdi, Amtziri pose la fin de son commentaire presque écœurée :

— Ces imbéciles « d'hommes » évolués, avec leur pseudo-intelligence, ne savaient pas se regarder au-delà de leur seule apparence que reflétaient leurs miroirs ! Pour comprendre leurs mauvaises attitudes, il aurait fallu qu'ils parviennent à l'effort considérable de voir plus loin que le bout de leur nez !

Germain la fixe, presse fortement ses deux lèvres l'une contre l'autre en même temps qu'il lève les sourcils pour lui signifier un « Et oui, c'est dommage, mais c'était leur éducation, c'est ainsi ! »

*

Depuis peu, Kuniva habite avec sa seconde compagne. La première était décédée il y a quelques saisons humides en donnant la vie au dernier de ses deux enfants. Comme cela se fait par habitude, elle était allée rejoindre la forêt, seule. Accroupie, elle avait mis au monde une deuxième fois. Ses sœurs, inquiètes, l'avaient retrouvée au sol peu avant qu'elle ne perde la vie. L'enfant, lui, gémissait. Cela avait été un grand désarroi pour Kuniva. Sa sœur et ses belles-sœurs avaient pris en charge le bébé et la jeune enfant.

Ce sont surtout ses grands-parents qui, au travers de réguliers cérémonials, l'avaient aidé à retrouver un équilibre psychologique. Même si chacun sait que la mort et la durée d'une vie sont des évènements logiques incontrôlables, le moment reste malgré tout violent et douloureux pour l'entourage. Les cérémonials avaient consisté en des incantations spécifiques. Celles-ci, aidées d'une préparation de plantes, l'avaient guidé dans un état de conscience altéré vers une profonde perception d'un monde qui l'englobe et le fait vivre. Il put ainsi, au fil du temps, recouvrer un équilibre intérieur revigorant. Mais surtout, réintégrer en lui l'essence même de l'équilibre du monde. La Loi naturelle donne et enlève la vie pour équilibrer toutes les espèces en interaction. Dans la nature, les faibles partent les premiers ; les vivants les plus résistants et les mieux constitués ont alors la meilleure probabilité d'engendrer la plus adaptée des progénitures pour à leur tour renforcer et perpétuer la Vie.

La récente union avec sa nouvelle compagne, veuve elle aussi et provenant d'une ethnie voisine, a permis à chacun d'eux de s'entraider au sein d'une nouvelle famille. Ils se confrontent ainsi avec plus de perspicacité aux contraintes de la vie quotidienne. Elle s'était retrouvée sans compagnon il y a peu de temps. Il était chasseur, il n'était pas réapparu après une sortie. Il avait ensuite été retrouvé égorgé, par un jaguar d'après les empreintes. Peut-être avait-il dérangé une portée de nouveau-nés. Accident rare, mais qui fait partie des aléas de l'Oasis et de la vie.

Ces types de décès, ne survenant pas par la vieillesse mais par accident ou par maladie, sont courants et contribuent à l'équilibre. Sans cela, sans cette logique authentique, la démographie humaine exploserait et l'ordre vital dans l'Oasis se déréglerait. Les habitants en sont conscients. Tout au long de leur vie, les circonstances et les mythes le leur rappellent. Les tabous encadrent ces lois ; ils rationalisent leurs attitudes et leurs compréhensions.

*

Mourir vieux, au sein d'une nature sauvage, est le résultat d'une forte consistance physique et d'un mental robuste après une vie semée de nombreux obstacles.

C'était il y a près de 88 années de cela que Germain et Amtziri étaient retournés à la terre, comme si la vie n'avait été qu'un prêt. Une vie nourrie par la Terre-Mère, à qui il était logique, ensuite, de réalimenter de sa propre personne. Cela permettait de boucler la boucle, celle d'un cycle naturel parmi tant d'autres.

Il était parti le premier après quelques semaines d'une grande fatigue, personne ne savait à quel âge. Dans ce monde-là, l'âge n'existait pas ; il n'avait aucun intérêt. Personne pour contrôler les individus, personne pour les classifier. Le temps ne se mesurait pas, il se profitait. Dans ce monde, il y avait la jeunesse, le temps des procréations, puis celui de la sagesse vite rejointe par la vieillesse.

Elle, était partie quelques lunes plus tard. Elle avait été une personne Humaine, avec un grand H, respectueuse de Terre-Mère et de l'équilibre universel. Elle avait patiemment soulagé celui qui avait été l'amour de sa vie, de l'inconfort psychologique et des tourments que lui avaient asséné en son for intérieur les inhumains artificiels.

*

Après eux, une étrange épidémie, inconnue des populations, probablement une insondable volonté de la nature, dissémina la majeure partie des ethnies. Au fur et à mesure des saisons qui suivirent, les quelques survivants ne purent reconstituer une véritable population. Les Humains, ancrés dans une logique universelle qui les dépassait, s'éteignaient les uns après les autres. Jusqu'à ce qu'il ne resta plus que trois d'entre eux. Un vieil homme, dernier fils de Kuniva et de sa seconde compagne, chez qui un semblant d'espérance marquait le caractère. Et deux adolescents qui s'acharnèrent autant qu'ils le purent à le faire survivre.

Puis il ne resta plus que les deux jeunots. Ils n'avaient pas eu le temps d'intégrer toutes les connaissances acquises au fil des millénaires par leurs ascendants. Sans la somme des savoirs, ils ne purent résister bien longtemps aux lois rigoureuses de l'équilibre de la Vie. Lui ne s'appelait pas Adam. Elle, ne s'appelait pas Eve. Sans plus aucune bouture, cette espèce ne récidiverait pas.

À l'aube du XXIIIe siècle, le cataclysme humain eut raison d'eux même. Leur disparition fut totale.

*

Comme si la mort des douze milliards d'êtres humains avait rendu toute l'énergie pillée à la Terre, celle-ci se régénéra durant les millénaires qui suivirent. Peu à peu, et avec difficulté, tant tout avait été contaminé par d'innombrables déchets nocifs à très long terme, enfouis de par le monde dans les profondeurs de la terre et des océans. Des déchets issus des dernières technologies à la pointe des derniers temps les plus modernes.

Au fur et à mesure des millénaires, l'équilibre essentiel se rétablit. Sur la petite brindille du grand arbre Univers apparurent bien d'autres nouvelles espèces. Mais aucune avec un égo destructeur comme l'humain dénaturé.

L'équilibre sauvage régna à nouveau sur la planète bleue. Les eaux, l'air et les terres retrouvèrent leur pureté. Les animaux, les végétaux retrouvèrent leur espace. Il n'y eut plus de ségrégation animale à l'encontre des ours, des loups, des renards, des serpents ou des requins. Plus de ségrégation végétale envers de soi-disant mauvaises herbes. Il n'y eut plus d'animaux assassinés pour leur ivoire, ou pour leurs appendices absurdement supposés aphrodisiaques ou énergisants. Il n'y eut plus d'animaux asservis, plus de bêtes de somme, plus de bêtes de foire. Il n'y eut plus de prisons : plus de cages, plus d'aquariums, plus de vivariums, plus de réserves, plus d'enclos, plus de serres. Il n'y eut plus de parcelles cultivées, ni de plantes ni d'animaux ajustés aux exigences de « l'homme ». Il n'y eut plus d'élevages d'animaux contraints. Il n'y eut plus de science illogique et dénaturante. Il n'y eut plus de clones, plus de vivants transformés. Il n'y eut plus davantage de béton ni d'asphalte, plus de pesticides, plus de contaminants synthétiques. Il n'y eut plus de plastiques, plus de déchets radioactifs supplémentaires. Il n'y eut plus d'éclairage artificiel. Il n'y eut plus de politique, plus de religion, plus d'argent.

Le béton armé ne formait plus que des débris à l'image des ruines qui, à une époque, avaient rappelé aux humains les horreurs de leurs propres bagnes et camps de la mort.

Sans l'humain, ce n'est pas un paradis qui se réorganisa sur la belle boule bleue. Ce fut bel et bien un écosystème parfait. Remarquable et équilibré. Empli de vies très diverses, on ne peut mieux adaptées à l'essentiel. La biosphère représenta à nouveau non seulement la perfection du naturel, mais aussi la typicité unique en son genre de la planète Terre dans tout l'Univers.

Au-delà du système solaire, dans la Voie Lactée et encore bien plus loin, par-delà même l'Univers sur un autre grand arbre, subsistent quantité d'extraterrestres aussi invraisemblables que leurs milieux. Tous sauvages, on ne peut mieux imbriqués dans l'équilibre qui accompagne l'élan universel.

{— Voilà une sale histoire qui finit bien ! m'avait signifié Sophie.}

Tout au bout de l'anthropocène

En énonçant ces sept derniers mots qui clôturaient son récit, Sophie BALERTE, ma sœur de vingt et un mois mon aînée, s'était affalée de tout son poids dans le fond du canapé moelleux. Elle avait accompagné cette réaction de soulagement d'un soupir et d'un sourire qui exprimaient sa satisfaction ; intérieurement elle jubilait. À cet instant, elle s'était délivrée d'une histoire contée pour la première fois. Je l'avais écoutée tout l'après-midi, attentif à ce qu'elle espérait me faire entendre, l'enregistreur en fonction dans l'idée de retranscrire ensuite par écrit son histoire des hommes et des femmes, son plaidoyer en faveur du naturel et de la Vie. Sophie était surtout venue chez moi afin de se confiner en ma compagnie, et en avait profité pour me livrer son projet de réaliser un long-métrage. Elle y pensait depuis plusieurs années, animée par un désir féroce de dénoncer ce qui lui sautait aux yeux : la monstruosité de l'humanité moderne, son absurdité, l'ignominie de son statut illégitime de despote sur l'existant. Plusieurs fois, je l'avais déjà entendue scander à l'écoute de l'une de toutes ces incessantes informations peu soutenables du monde humain, s'attrapant la tête entre les mains : « Oh ! Mon-de im-mon-de ! ».

Pendant son récit chargé de sens, absorbé par les rapports de force à sens unique, j'avais ressenti au plus profond de moi la puissance de ses émotions. Elle les avait accentuées à chacune des transformations de son minois habituellement tendre. Par moments, énonçant les attitudes honteuses et injustes d'un humanisme forcené, sa rage avait alors tiré les traits de son visage ; par d'autres passages, son amour profond pour une vie sauvage légitime avait desserré ses nerfs noués et fait étinceler ses yeux couleur de miel ; puis le désarroi avait parfois éteint son visage face à la réalité, à l'impossibilité de métamorphoser, de déshumaniser et rendre terrien l'être humain vidé de tout instinct, empli d'une vie morne et détraquée.

    Pendant notre silence – en moi, méditatif – qui avait suivi son récit, Sophie m'avait fixé, un léger sourire sur ses lèvres teintées de rouge et l'air inquisiteur, s'inquiétant de ma réaction à venir. Elle doutait de la pertinence que pourrait avoir une telle réalisation. Je n'avais su quoi lui dire. J'avais trouvé l'histoire intéressante et émouvante, quoiqu'assez noire. Les personnages m'avaient fait ressentir un fort sentiment de culpabilité pour chacun de mes plus minimes agissements quotidiens et développés qui, bien malgré moi, après mûre réflexion, s'avèrent, il est vrai, tous contre nature. Son récit m'avait fait me sentir complice et partie prenante par la force des choses d'une bien sale réalité.
   — J'avais débuté cette idée de film, m'avait-elle alors commenté, dans un étrange et irréfléchi élan d'optimisme. Il s'était manifesté en moi à un moment où j'avais eu la naïveté de croire encore au père Noël et de penser qu'il était possible, par une réelle prise de conscience de l'ensemble des populations, de changer le cours des choses. Or, au moment d'inscrire le point final, malgré la vision éclairée naissante chez les citoyens, la réalité du monde humain a rattrapé ma conscience profonde. J'ai à présent la conviction que même neuf milliards d'humains réunis ne peuvent changer leur monde. L'esprit moderne n'a pas la possibilité de se détourner de sa voie matérialiste addictive. Cet esprit est en fait contenu par un organe atteint d'une maladie chronique génétique irrémédiable qui ne peut générer aucune autre alternative que la poursuite de sa folie. L'artificialité acharnée révèle l'œdème d'une affec-

tion héréditaire et définitive dont le seul remède ne pourrait être que radical. Je peux t'assurer qu'il m'a fallu une grande énergie et beaucoup de longues batailles intimes pour réussir à m'extraire des murs du « corridor » et voir le vrai monde dans sa totalité, dans sa réalité. Depuis ce travail personnel, j'ai les yeux et l'esprit avertis pour appréhender la vérité, pour remarquer que notre seule existence est anti-écologique, pour remarquer l'état dans lequel se trouve l'ensemble de la planète Terre. Aujourd'hui, la planète entière ressemble à une benne à ordure ; elle est à l'image de ce que nous sommes. Et tu sais quoi ? Moi, la réaliste, la défenseuse de la Vie universelle et du principe même de la Vie sur Terre, l'amoureuse du peu de sauvages qui subsiste, en toute conscience et avec toute mon empathie pour les autres espèces vivantes, j'ai l'espoir que la complète disparition de la tumeur humanoïde s'accomplisse au plus vite. Que l'on me donne le bouton rouge, et j'appuie dessus sans compter jusqu'à trois !
— Il est vrai – lui avais-je dit, moi Henri BALERTE, à peine la vingtaine passée et petit écrivain à temps perdus – que ce genre de critiques envers le monde des puissances politiques, industrielles, religieuses et financières, envers leur totalitarisme, ne datent pas d'aujourd'hui. Depuis bien longtemps, depuis même avant notre ère, des philosophes, des visionnaires, des écrivains, des artistes et des peuples, s'insurgent et dénoncent ce monde fou. Ce qui n'a pourtant eu aucune incidence sur la poursuite erronée de notre évolution égocentrique. Bien au contraire, nous persistons, nous intensifions notre avancée vers l'issue fatale.

Je n'avais pu lui épargner un constat amer en expliquant à ma chère sœur, avec pertinence, que ce film ne se différencierait pas des autres vociférations muettes, de toutes les bouteilles lancées à la mer. Il finirait par représenter, lui aussi, une bouteille de plus perdue dans les profondeurs abyssales de l'inefficacité, voire pire, de l'oubli. Comme toutes ces autres innombrables bouteilles immergées qui renferment différentes graines de conscience : analyses dénonciatrices, documentaires révélateurs, alertes de lanceurs insoumis, naïfs engagements écologistes, belles et émouvantes actions ciblées et médiatiques, révolutions des peuples. Des bouteilles à la mer pleines de belles paroles, de beaux combats, de belles actions, de plaintes et d'inquiétudes pour ce que nous portons au plus profond de nous-mêmes, pour ce que nous définissons comme éthiquement, naturellement correct et juste. Éloquentes bouteilles emplies simplement d'humeurs exacerbées et de rêves utopiques. Des bouteilles qui, nous le voyons bien avec le recul sur les décennies, les siècles qui ont passé, n'amènent au bout du compte qu'à un résultat stérile. Des bouteilles jetées à la mer qui, au final, n'influent en rien notre égocentrisme humaniste. Ces bouteilles, certes, contiennent des vérités conscientes, des constats évocateurs, mais elles n'altèrent en rien notre soif d'argent et de pouvoirs pour ceux qui se trouvent en haut, n'altèrent, non plus, notre inaliénable soumission au dictat forcené pour les autres. Des bouteilles à la mer qui, fâcheusement, ne nous épargneront pas notre destinée au bout du « corridor ».

— Cette bouteille lancée à la mer sera alors pour mon respect de ce qui reste encore des autres espèces vivantes. Elle soulagera ma conscience de mon impuissance à sauver leur peau ! m'avait-elle affirmé.

*

Lorsqu'à ce moment Sophie était venue s'installer chez moi pour quelques jours, elle avait bravé l'interdiction de se déplacer sans une raison indispensable. Le gouvernement et la science médicale avaient imposé un confinement chez soi pour une durée indéterminée afin de contenir une grande épidémie virale, mortelle, attaquant essentiellement les êtres humains. Sophie aussi vivait seule, mais dans un petit appartement d'un immeuble situé en centre-ville. Dix jours que le confinement l'avait maintenue comme un animal en cage, à tourner en rond dans son 45 m². Son histoire des « hommes » avait aussi tourbillonné dans sa tête toute la journée de la veille. Par la force des choses, il lui avait été facile de la rapprocher de ce qu'il se passait sur la planète : la nature, une rare fois de plus, luttait contre la tyrannie des hommes et des femmes, et tentait de rééquilibrer la vie sur Terre.

La majorité des personnes sur la planète allait être infectée. Sophie avait préféré me rejoindre pour nous tenir compagnie dans la maisonnette de campagne où je logeais, à quelques petits kilomètres de la sortie de la ville. Là, il nous avait été plus aisé de prendre un peu l'air et de nous évader des quatre murs. On avait ainsi eu la chance de pouvoir admirer et écouter quelques oiseaux, devenus dorénavant précieux par leur rareté. Ils farfouillaient les sols, les buissons et les arbres, à la recherche d'une nourriture tout aussi insuffisante. Depuis plus d'un siècle, en même temps que les champs maraîchers et aussi les jardins des particuliers, les insectes se faisaient asperger de produits synthétiques létaux ; leur nombre avait diminué en masse : une hécatombe ! Les graines imbibées des « mauvaises » herbes déglinguaient aussi beaucoup des pauvres volatiles qui n'avaient demandé aucune modernité ; eux, la nature les mettait en vie bien adaptés au milieu sauvage, ce qui ne les contraignait à aucun artifice. « Quoi que ! Si tous les animaux sauvages, les plantes endémiques et les bactéries l'avaient pu, ils auraient bien fabriqué un humanicide pour se débarrasser de tous ces extrémistes humanistes, cette mauvaise « herbe » envahissante et nuisible ! », exultait régulièrement ma sœur.

— Imagine !, m'avait-elle alors interpellé, si toutes les bestioles et les plantes avaient été aussi « intelligentes » que nous, et qu'ensemble elles s'étaient mobilisées pour concevoir et utiliser des armes en capacité de nous dominer ! Qu'auraient fait dix petits milliards d'humains contre tous ces innombrables adversaires ? Nous serions tout rabougris, l'air effacé dans des cages, des enclos et des abattoirs, la laisse au cou et esclaves de leurs désirs les plus modernes !

Taquine, un clin d'œil et un grand rire moqueur avaient jailli de son visage.

De temps à autre, pendant ce confinement, nous avions consulté les informations provenant de tous les recoins de la planète. Partout, les États conseillés par leurs glorieux scientifiques mettaient en place les grands moyens indispensables pour contrecarrer la nature dans sa lutte en faveur des droits du monde sauvage et de la Vie. Les nations s'efforçaient à garder en vie l'humanité en danger, et artificiellement maintenaient ainsi la mainmise humaine sur tout l'existant. Sophie et moi avions alors observé à quel point le Sapiens développé pouvait déployer son acharnement contre le dessein de la nature. Avec ma sœur, femme consciente d'une réalité que la grande majorité de la population chassait de son esprit, nous avions interprété les attitudes humaines et avions compris ce qu'il se passait vraiment. Après quelques tentatives ratées avec le choléra, la peste noire, la grippe espagnole, puis le Covid19 plus d'un demi-siècle auparavant, la logique du Vivant réitérait sa nécessité de réduire fortement la population humaine, et peut-être d'en finir avec l'impérialisme des hommes et des femmes. Régulièrement, elle agissait de la sorte pour éliminer l'origine d'un déséquilibre en régulant une espèce animale ou végétale qui se déployait au point de rompre la stabilité biologique indispensable à toute la Vie.

— Puisse l'Univers s'insurger et en terminer avec notre ère de l'anthropocène ? avait fabulé ma sœur.

— Ne t'excite pas comme ça ! La fin de notre domination n'est pas pour aujourd'hui ! Pas encore !

*

Sur la planète, les populations humaines évoluées, solidaires entre elles et fières, avaient tout tenté pour vaincre une nouvelle fois la nature en maintenant en vie toute l'humanité possible, déjà énorme. Chaque personne s'était isolée en quarantaine afin de rompre la chaine de transmission du virus. Les industries avaient arrêté leurs activités artificielles ; les milliers d'avions avaient laissé leurs roues à terre abandonnant les airs aux rares oiseaux ; les milliards de véhicules terrestres étaient restés cloués sur leur emplacement à recevoir les quelques fientes de volatiles ; les énormes paquebots avaient gardé les quais, tout comme beaucoup des gigantesques porte-conteneurs et pétroliers qui, de fait, souillaient moins la surface des océans, percutaient moins les rares cétacés encore existants, et impactaient moins ce qui restait de la faune aquatique. Après seulement trois semaines de ce coma humain, on avait déjà noté que Terre ne s'en portait pas plus mal. Enfin une bouffée d'air moins empoisonnée ! Enfin un semblant de propreté ! Enfin des fleuves et des rivières avec des eaux un peu moins polluées ! Enfin des destructions forestières et terriennes interrompues ! Très vite, des animaux encore sauvages avaient commencé à se réapproprier leurs territoires confisqués, comme ces villes et villages recouverts de bitume et de bétons. HHHhhhhhhhh, comme Terre avait dû se délecter de cet instant !

*

Deux années plus tard, le bilan à propos des conséquences de la pandémie s'était avéré dramatique. Sur les dix milliards d'êtres humains, à peine trente-neuf millions étaient passés à la trappe. Pas de quoi remettre à niveau la balance des espèces. Celle-ci, sous le poids inébranlable de l'humanité, resta de travers.

Nous avons ainsi poursuivi notre règne, excessif et dévastateur, plus intensivement après chaque nouveau progrès technologique, après chaque nouvelle naissance humaine, après chaque nouvelle avancée médicale ; depuis plusieurs siècles, tous ces actes incontrôlés se révélaient anti-écologiques. De la même façon que nous ne pouvions nous épargner les catastrophes naturelles incontrôlables, nous avons enduré la catastrophe artificielle propre à nous-mêmes.

Pourtant, survint tout de même un changement. Beaucoup d'entre nous avaient pu considérer la pandémie mondiale comme une volonté de la nature à combattre la maladie de la Terre. Les jeunes générations avaient perçu le virus comme un anticorps, un anticancéreux en lutte contre l'humanité. Cette vaste crise sanitaire chez l'humain avait eu l'avantage de montrer et de dénoncer avec force à quel point les élites, partout dans le monde, avaient séparé les populations du monde sauvage jusqu'à ce qu'elles le dominent, le soumettent et l'éradique. La prise de conscience des peuples avait alors vite pris un caractère social chez toutes les diverses populations autour de la planète. Les systèmes politiques, militaires et religieux qui, partout depuis plusieurs décennies, n'avaient plus rien montré de viable mais d'essentiellement rentable et profitable à leurs seules castes, furent la cible première des multitudes qui se réorganisaient dans le monde. Les réseaux internet parallèles se transformèrent en le meilleur outil de ralliement pour tous ces peuples que nous étions, dorénavant main dans la main, prêts à livrer les grandes batailles antiétatiques. En quelques années, sans même aucune arme particulièrement létale, nous, les peuples solidarisés, avons fait exploser tous les systèmes de pouvoirs incongrus. Depuis bien longtemps, ils ne représentaient plus leur peuple, les maintenant dans des « enclos » aliénants, à leur merci. Cela avait été le chaos, mais il ne dura pas longtemps. Après la confusion soudaine et générale, par une implacable logique difficile à expliquer, un ordre social s'était mis en place comme une trainée de poudre. Les nations ne se sont alors plus fait diriger, mais conseiller, et non plus par des politiques, des aristocrates, des militaires ou des religieux, mais par des mutualités sociétales, en lien direct avec tout citoyen au travers d'un simple réseau colporteur, électronique et sécurisé. Ainsi, au quotidien, nous pouvions tous participer à ce nouvel élan des sociétés émancipées. Après les monarchies, les autocraties, et les démocraties qui depuis belle lurette piétinaient, nous faisions naitre une nouvelle forme d'administration des peuples, avec le bel espoir de mieux nous orienter vers l'avenir.

La majorité de la population mondiale s'impliqua activement dans cette dernière révolution. Nous renversâmes ainsi les pouvoirs poussiéreux et bancals, hors d'âge dorénavant. Je me souviens à quel point nous avions éprouvé une si heureuse exaltation à l'idée de reconfigurer les systèmes de gouvernance. Cette fois-ci, imaginions-nous, nous pourrons nous réorienter vers un changement de cap optimiste des sociétés.

Sophie, elle, était restée prostrée dans sa ferveur réaliste, et n'avait pas ressenti la même joie. Sa conscience éclairée l'avait fait prévoir ce qu'il adviendrait malgré tout. Elle m'avait alors assuré que pas grand-chose ne changerait en fin de compte. Il y avait fort longtemps que nous avions passé la porte de non-retour à l'arrière de laquelle se trouvait la vie sensée. Nous l'avions définitivement scellée, et resterions tout aussi esclaves de l'argent, dépendants du matérialisme, des progrès artificiels et médicaux. Elle nous voyait persister sur le même chemin, dans ce « corridor » en déclin qui ne pouvait se libérer le l'abime. Tout à fait consciente de la réalité, elle savait que nous n'avions aucun autre choix possible que de continuer notre évolution obsessionnelle. L'autre choix, le seul viable, ne convenait pas à l'humanité. Il aurait exigé de revenir à la porte de non-retour, par un virage radical à 180°, de la démolir par l'abandon de l'argent, de l'artificialité, de la médecine synthétique, et obligatoirement par une réduction drastique de la population humaine.

*

Soixante-huit années après notre confinement avec Sophie, je me souviens encore clairement de tout cela et de sa perspicacité. Aujourd'hui, je me trouve enfin sur le point de quitter ce monde en train de s'effondrer, mis à sac et dans un état pitoyable. La surpopulation hors norme de l'humanité a eu raison de tout, ainsi que d'elle-même. Affamée de toujours plus de ressources, elle a déchiré et éventré la terre de tous. Terre-mère agonise, sans plus grand-chose de sauvage à part les nuées de moustiques et les hordes de rats qui nous transmettent des virus chaque fois plus dévastateurs et plus résistants à nos remèdes pourtant de synthèse.

Pendant ces jours où nous étions réunis, ma sœur et moi, à interpréter et argumenter son récit du « corridor », je me souviens lui avoir formulé mes commentaires à propos du côté intéressant, mais aussi ténébreux de son histoire de l'humanité. J'avais alors ajouté mon avis au sujet de la lourdeur des redondances des mêmes critiques, des mêmes explications, des mêmes constats martelés tout au long de sa narration. Elle m'avait à ce moment-là renvoyé la même récidive qui s'accomplissait sans relâche tout au long de la réelle histoire humaine. Chaque évolution, chaque avancée humaniste au détriment de l'ensemble des vies sur la planète, chaque extermination d'espèce, chaque révolution scientifique, chaque avancée artificielle, chaque bonne résolution utilisée à mauvais escient revenait dans une incessante répétition d'erreurs contre nature, sur toujours la même orientation vers un mur à s'y fracasser, avec la même lourdeur, la même noirceur d'un orage dévastateur, et les mêmes conséquences néfastes inébranlables.

Sophie, après quelques années de militantisme stérile parmi une large communauté de réalistes, sans aucun souhait de procréation, était partie chercher une vie idéale dans une contrée tropicale oubliée. À son départ, alors que je maintenais encore mon seul enfant chez moi, elle nous avait tous quittés dans une effusion de sentiments. À ce moment-là, elle souhaitait pouvoir intégrer une population indigène sauvage, afin de finir ces jours dans la paix et dans un soulagement aussi confus fût-il. Je reçus parfois de brèves nouvelles de sa part dans lesquelles elle ne racontait rien d'essentiel.

Entre-temps, ma compagne est morte, puis notre fils, victimes eux aussi de la maladie de « l'homme » fou et de la récente et subite débâcle humaine, de la même manière que plusieurs milliards d'autres individus. Comme moi, ils avaient été des morts-vivants résistants mais vidés de toute naturalité, prisonniers de notre façon de vivre et de notre image fausse de la vie parfaite. Des dizaines de millénaires que notre espèce avait perdu l'intelligence instinctive innée à tous les êtres vivants. Nous avons atteint le bout du corridor sans avoir pu nous sortir du « train » sans frein que nous avions tous lancé à toute allure. Notre fin est là, et logique ; plus de 10 000 ans que nous creusions notre trou, à perdre le lien avec la Vie, à nous extraire de la mécanique universelle. Pour la Nature, nous avons été des brutes, des terroristes, tous délinquants et hors-la-loi.

Nous avons été subversifs et cruels, nous avons été le fléau de la planète Terre. Nous avons réussi à faire d'une magnifique planète un lucratif site industriel. Sans faim, nous avons chassé, tué des animaux sauvages prospères au nom de la régulation des espèces « nuisibles » mais sans, oh jamais !, considérer notre démesure prolifère. Dernièrement, les peuples nous sommes surnommés : les réducteurs de terres, les réducteurs de vies. Mais – j'y pense depuis quelque temps – il n'y a pas à regretter, l'humanité a vécu le temps qu'elle s'est impartie en profitant pleinement de toute sa folie. Elle sombre à présent dans l'abime, et c'est dans cette situation que je pressens ma propre fin dans les prochains jours, rongé par les incessantes successions des sécheresses et des inondations destructrices, consumé par les famines et les maladies virales assidues, le corps contaminé par toutes ces eaux plus potables. Aujourd'hui, alors que trépasse l'humanité, je sens enfin m'envahir un magnifique espoir pour une nature sauvage qui reviendra, et cela me rend heureux.

Il y a une dizaine d'années, on m'avait informé du décès de Sophie. Elle avait terminé sa route dans un hameau déserté, en bord de ce qui restait d'une petite forêt en climat chaud, sans jamais avoir pu trouver une seule tribu sauvage ; il n'en existait plus.

Mais là, en ces derniers instants, ma pensée s'illumine ; elle soulage enfin mon esprit agacé, mon champ émotionnel éreinté. Je devine le changement qui va s'opérer ; je crois profondément aux raisonnements que Sophie tenait : il n'était pas possible de sauver et la planète et l'humanité, cette dernière disparaitrait la première, et la Vie sur Terre, sublime, renaitrait de ses cendres. J'imagine ainsi, et j'inonde alors tout mon esprit de la plus extraordinaire création de l'Univers se reconstruire. Les yeux clos et la tête pleine de couleurs je rêve la Vie : un immense tableau vivant, dense, biologique, propre, avec une ample mosaïque de diversités, une Vie retrouvant sa vitalité explosive, colorée, éclatante, comme magique ; une Vie majestueuse !

« Chacun de nous est assurément coupable ici-bas de tout envers tous.

Non seulement par la faute collective de l'humanité,

Mais chacun individuellement

Pour tous les autres sur la terre entière. »

Fédor Dostoïevski (Les frères Karamazov, Gallimard, 1973)

L'auteur à Deltebre

À partir de l'instant où je pris la route de mes errances aventurières du côté de l'Amazonie, je notai chacune des observations quotidiennes qui touchait à ma sensibilité intellectuelle. Un jour, encore jeune, je croisai sur mon chemin Don Marcial. « Je t'autorise l'accès à la connaissance que tu demandes, dans la condition qu'un jour tu écrives un livre avec une histoire intéressante, mais surtout une histoire vraie en ce qui nous concerne les Amérindiens, et en rapport avec ce que tu es en train de découvrir ». Dès lors, je fis en sorte d'en apprendre beaucoup plus à propos de la partie de l'humanité restée naturelle, et de la vie sauvage. Mes expériences hors des sentiers battus s'accumulèrent, tout comme les notes, et épanouirent mon intellect. Chaque observation pointilleuse et critique aiguisa ma vision de la Vie et de son sens.

Bien des années plus tard, réinséré dans tout le système des civilisations, mon intellect comblé de perceptions et de points de vue peu communs parce qu'ils divergeaient des idées conformes autour de moi, je décidai de dévoiler ce que je ressentais au plus profond de mon être, et de prendre alors fait et cause pour le monde sauvage ; à mon sens la pièce maîtresse de l'univers.

Je voulus aussi faire en sorte de semer une petite graine « hargneuse » en chaque lecteur. Un bien curieux dispositif, me direz-vous ! Je souhaitai tout bonnement mettre à profit le même stratagème que tant de personnes ont utilisé à mon égard durant mon initiation à la vie : une bousculade intellectuelle, qui sur l'instant peut soulever de l'agacement ou bien même de la rage, mais qui par la suite, après que ces graines aient développé leurs racines puis aient germé et fleuri, ont intégré en moi, quelques mois voire quelques années plus tard, leurs fruits mûrs, puissants, à en décoller la « pulpe » mère tapie et encroûtée au fond de mon inconscient.

Au fur et à mesure de l'écriture – le long de quelques années –, s'installa en moi la conséquence de mes réflexions, avec force. À partir de l'instant où je percevais chacune des innombrables réalités avec chaque détail sans bon sens propres à nous tous, ces faits me sautaient à l'esprit, voire à la gorge, et au bout du compte me révoltaient. En ressortit, alors, des profondeurs de ma conscience une forte antipathie envers la majorité de mes agissements quotidiens, par la force des choses contre nature. Installé dans le pur fonctionnement du « corridor », ma vie participait contre mes meilleurs souhaits à la folie immorale des humains modernes. Et il m'avérait impossible de m'y soustraire sans devoir tout abandonner.

Depuis, l'esprit éveillé et lucide, avec le poids nécessaire je répète souvent autour de moi, accompagné tout de même d'un sourire quelque peu taquin : « nous sommes tous des salopards ! »

Chacun est le fruit de ses éducations.
Ma nouvelle conscience du monde réajusta intimement l'orientation de mes sentiments amoureux.
Profondément, oui j'en suis arrivé à aimer profondément le sauvage !
Parce que le bonheur dans sa forme la plus intense je ne le vis que lorsque tout mon être se lie au monde sauvage,

accroupi à observer un insecte baladeur ou à humer la terre vivante avec ses indices olfactifs, le corps et l'esprit à accompagner et côtoyer un animal libre dans la forêt, les jambes nues à se faire caresser par les herbes folles, les mains à cueillir délicatement une feuille ou une fleur d'une « mauvaise herbe » qui appelle mon attention et dont mon palais va explorer les sensations jusqu'à les incorporer dans tout le long du corps, alors en pleine communion avec la Vie.

Si amoureux de la vie sauvage que le fait qu'elle soit sans cesse agressée m'attriste et me révolte, au même titre que cela se produit au travers de la personne qui nous est la plus chère tandis qu'elle subit, impuissante, des brutalités injustes, ou son assassinat, pour la seule raison de profit de la part de l'agresseur.

Table des matières

Pas pessimiste… ni optimiste… 11
UNE LIGNÉE PARALLÈLE 12
   Germain 13
   Séance avec le Yagé 20
   Germain (2) 36
   Fin de séance du Yagé 43
   Le monde de Konoto 67
   Sa réflexion 75
   L'intelligence 79
   Le monde de Mimi-Kutu 82
   Expérience essentielle 91
   La résolution 112
   Le « corridor » 119
   L'or noir 127
   Une coordination interethnique 134
UNE PLANÈTE À COMPRENDRE 140
   Le couple d'amis 141
   Les « pourparlers » 151
   L'analyse 157
   L'île paradisiaque 161
   Le forum 169
LE COUPLE AMOUREUX 182

La théorie du chaos	183
L'oasis	200
Retour à la terre	210
Tout au bout de l'anthropocène	224
L'auteur à Deltebre	241

Remerciements :

Pour leur accueil et leur vision de la Vie, les ethnies : Kali'na (dont particulièrement Antoine TIOUKA. et toute sa famille) ; Wayana sur deux villages des deux côtés du moyen Maroni ; Kamëntšá (dont particulièrement Alfonso Juajibioy Chindoy et toute sa famille) ; Inga au sud de Mocoa ; Arhuaco au sud de la sierra ; Yuko-Yukpa ; Emberá Chamí du haut Salaqui (par l'intermédiaire du cabildo Camizba)

Pour tout leur temps passé à la relecture, pour leurs pertinents avis et leurs indispensables corrections : Jacquie B. PALACIN, Lionel HUGUES et Virginie, Laurence SERRADEIL, Manu et Béatrice LEFRERE, François X. LUGAN, Nicole VILLARD, Jean-Jacques LAMARQUE, Nathalie CHARTIER, Franck ISSANCHOU, Martine VILLARD, Christine POUYTES, Cécile GOULAIS, Matthieu ESTEVES, Myriam MATAMOROS, Katia LEBEAUX B., Jean-Luc BLANC, puis Chantal LACROIX pour son soutien et son énorme patience.

Et à beaucoup d'autres, qui dans nos croisées de chemin sur des terrains aventureux, à leur manière, m'ont ouvert l'esprit au vivant et à l'essentialité, ou m'ont ouvert les yeux à propos de l'humanité.